서울대공원

서울대공원

고주한 지음

홍성사

차례

제 **1** 부

1

나는 지금 이십육억 원을 생각하고 있다. 그 돈은 내가 평생 모은 돈과 아버지께서 물려주신 재산을 더한 것이다. 나는 우리 가족의 피 같은 전 재산인 이십육억 원을 사기당한 것이다. 그것도 오랜 세월 동고동락했던 친구라는 놈에게….

그러고는 그날부로 복수의 칼날을 갈기 시작했다. 놈을 잡아서 복수란 이런 것이다 알려 주고 싶었다. 사람 찾아 준다는 심부름센터와 돈 찾아 준다는 신용정보 회사를 들락거리며 비용도 상당히 지불했다. 하지만 시간이 흘러 곰곰이 생각해 보니 이들 역시 내 돈을 떼어먹고 도망간 녀석과 별반 다를 것이 없다는 것을 깨달았다. 그 와중에 다니던 직장까지 그만두게 되었다.

한 달 두 달 세 달…. 시간은 빠르게 지나가는데 녀석을 찾는 것은 녹록지 않았다. 가지고 있던 돈은 바닥을 보였으며 직장을 그만두어 생활비도 제때 못 가져다준 아내에게 여간 눈치가 보이는 것이 아니었다. 미안하고 부끄러웠지만 '복수'라는 단어 하나만 생각하면 눈알에 힘이 들어가고 머리끝까지 피가 용솟음치고 온몸에 열기가 파릇파릇 돋아 올랐다. 그래서 한 시라도 빨리 녀석을 찾아 복수해야 하는데, 그럴 수가 없었다.

꿩 대신 닭이라고 녀석의 가족을 백방 수소문해 보았으나 이미 알 수 없는 곳으로 뿔뿔이 흩어져 있었다. 우여곡절 끝에 녀석의 아버지를 찾아냈지만, 이미 고령의 나이에 그리고 자식으로 인한 스트레스 때문에 병까지 얻어 아무런 조치를 취할 수 없었다. 자기 아들은 해외로 도피 중이며 연락할 수 있는 방도가 없다고 에둘러 들은 것이 전부였다. 사실이었다. 경찰을 통해 출입국관리 사무소에 확인해 보니 녀석은 이미 해외로 도망가고 없었다. 허무하고 실망스러웠다. 일 년 넘게 복수라는 일념으로 전국을 찾아 헤맸건만, 돌아온 것은 거래 명세서와 카드 대금이 연체된 고지서 그리고 관공서에서 날아온 빨간 딱지뿐이었다.

잘나갔던 시절의 나는 카드 쓰는 것을 그리 좋아하지 않았다. 플라스틱 쪼가리 들고 다니며 이리저리 긁는 모습이 돈 쓰는 모양새처럼 보이지 않아서 항상 지갑에 오만 원권 지폐를 이삼십 장 이상 넣어 다니곤 했다. 그러나 이젠 지갑에 천 원짜리 몇 장과 지불 능력을 상실한 신용카드 그리고 녀석을 찾아다니면서 만난 인간 군상들의 쓸모없는 명함 몇 장이 전부였다. 지갑의 내용물은 마치 나의 처량한 신세를 보여 주는 것 같았다.

＊ ＊ ＊

세월은 빠르게 흘러 혹독한 추위가 기승을 부리는 이월을 지나고 있었다. 며칠 전 도망 중인 녀석을 어느 지방에서 보았다는 지인의 이야기에 심부름센터 직원과 함께 잡으러 갔지만 허탕을 치고 말았다. 돌아오는 길에 녀석을 추가적으로 옭아매기 위한 방편으로 경찰서와 법원을 방문했다. 집에 들어가는 건 엄두도 내지 못했다. 가진 돈이 얼마 없었지만 놈을 잡는 일에 소홀할 수 없으므로 별다른 방안 없이 서울역 주변 만화방과 피씨방을 전전하며 일주일 넘게 밖에서 지냈다.

역 주변에서 힘든 나날을 보냈기에 집에 들어가 편히 쉬고 싶었지만, 녀석을 찾아다니느라 지치고 허탈한 마음에 조금의 위로라도 얻으려고 근처 편의점에 들어가 소주 한 병과 종이컵을 샀다. 컵 가득 소주를 채우고 단숨에 들이켰다. 속이 화끈거리며 쓰려 왔다. 금세 눈물이 핑 돌았다. 괴롭고 억울한 마음 때문이기도 했지만 또다시 가족과 지인들에게 실망과 괴로움을 안겨 주었다는 생각에 서러웠다. 미안함과 자괴감에 하염없이 눈물이 흘러내렸다. 얼마 전 심장마비로 세상을 떠난 동생에 대한 그리움까지 겹쳐 더욱 슬픈 감정이 되어 버렸다. 동생이라도 있었으면 이 비참하고 괴로운 형을 위해 소주라도 한잔 기울여 주었을 텐데….

그렇게 한바탕 울고 나자 가슴속 깊이 새긴 복수의 각오가 새롭게 피어났다.

"그래, 끝까지 가자. 난 할 수 있다!"

나는 스스로에게 최면을 걸듯 다짐하고 있었다. 소주를 마신 탓인지 바깥 날씨는 생각보다 춥지 않았다. 그러나 슬픈 와중에도 배는 고팠다. 생각해 보니 그동안 하루에 평균 한 끼 정도만 먹고 다녔던 것 같다. 복수를 하려 해도 힘이 있어야 하지 않겠나? 그렇다면 뭐라도 먹고 정신 차려서 힘내야지. 주머니를 뒤적거려 보았다.

조금 전 편의점에서 소주 사고 남은 돈 사백오십 원과 맞은편 주머니에 삼백 원, 도합 칠백오십 원이 있었다. 편의점에 다시 들어가서 라면 코너에 적힌 가격표를 보니 왕뚜껑 천오십 원, 육개장사발면 구백 원, 김치볶음면 천사백오십 원이었다. 내 평생 일이백 원의 소중함이 이렇게 크게 다가온 적은 없었다. 너무나 아쉬웠다. 그렇다고 아르바이트생에게 양해를 구할 염치도 없었다. 아르바이트생의 의심스러운 눈치를 뒤로하고 편의점을 나와 무작정 거리를 걸었다. 어스름한 도시에 불빛이 하나둘 켜지는 것을 지켜보았다. 빌딩에서 쏟아져 나오는 직장인들, 엄마 손을 붙잡고 제과점 앞에서 케이크를 고르는 꼬마, 아이스크림 가게에서 아빠의 팔에 매달린 꼬마 숙녀…. 그리고 쇼윈도에 비친 초라한 내 얼굴을 서글픈 마음으로 바라보았다.

바쁘다는 핑계로 아이들과 그 흔한 빵가게 한번 함께 가지 못했던 나. 웬만한 아버지라면 다 참석하는 아이들 입학식과 졸업식도 가지 않았던 내가 부끄럽고 한심스러웠다. 제과점에 붙은 광고를 보니 이맘때가 졸업식 시즌인 것 같았다. 이번에는 기필코 아들의 고등학교 졸업식에 가려고 마음먹었건만 올해도 역시, 아니 특히 올해는 생에 최악의 순간을 보내는 터라 참석하지 못할 것 같았다.

그렇게 가족들에게 미안하다는 생각을 하며 무심코 거리를 걷고 있는데 비좁은 골목길에 어묵과 붕어빵을 팔고 있는 포장마차를 발견했다. 낡고 허름한 주황색 비닐 천막에는 붕어빵 세 개에 이천 원, 어묵 한 개에 칠백 원 두 개에 천 원이라는 가격표가 쓰여 있었다. 나는 조금 전 가족에 대한 미안한 감정은 까맣게 잊고 이곳을 찾게 되어 천만다행이라고 생각했다.

"이거다. 바로 이거야! 내 배 속을 채워 줄 따뜻한 어묵…. 거기에 국물도 공짜로 마실 수 있는…."

나는 차가워진 손을 바지 주머니에 집어넣었다. 손가락에 닿는 동전의 따뜻한 느낌. 짤그락 짤그락 소리와 함께 손가락은 정확히 칠백오십 원이라는 숫자를 머릿속에 각인시켜 주었다. 주황색 비닐 문을 당당히 젖히고 안으로 들어가자 한눈에도 푸근해 보이는 할머니가 날씨가 많이 춥다며 반갑게 맞아 주었다.

혹시나 하는 마음에 할머니께 "어묵 하나에 얼마예요?"라고 다시 물었다. 인자하고 푸근해 보이는 할머니는 "하나에 칠백 원, 두 개에 천 원이야" 하며 정겹게 말했다. 할머니의 대답에 안심하며 길고 주름이 잘 잡힌 어묵 하나를 집으려는데 젊은 남녀 한 쌍이 비닐을 젖히고 안으로 들어왔다. 그들은 뭐가 그리 좋은지 서로 히히덕거리며 붕어빵을 주문했다.

　기다란 어묵을 집다 말고 선반에 놓인 종이컵을 뽑아다가 긴 국자를 들어 국물을 퍼담았다. 한겨울 매서운 바람에 온몸이 얼어 있었고 빈속에 강소주를 들이켠 터라 속풀이를 하고 싶었다. 나는 뜨거운 국물을 입으로 후후 불어 가며 빠르게 들이켰다. 옆에 있던 연인은 붕어빵을 오순도순 나누어 먹고 있었다. 둘의 대화하는 모습이 유치했지만 한편으로는 사랑스러워 보였다. 연인이 붕어빵 세 개와 어묵 두 개를 재빨리 먹고 나가는 동안 나 역시 그 틈을 타 국물 세 컵과 어묵을 절반쯤 먹었다.

　네 번째 국물을 뜰 때 스테인리스 통에서 시원한 국물 맛을 내려고 썰어 넣은 동그란 무를 발견했다. 나는 평소에 무를 몹시 좋아했다. 생 무를 채로 썰어 매콤새콤하게 무쳐 밥과 비벼 먹는 것도 좋아했지만, 아내가 고등어나 갈치조림을 할 때 푹 삶아 낸 조림 무도 무척이나 좋아했다. 그래서 고등어조림은 거들떠도 안 보고 짭쪼롬하게 간이 밴 조림 무만 먹는 경우가 대부분이었다. 오죽하면 일식집에서 참치 회를 먹다가도 주방장에게 수고비를 두둑이 찔러 주며 쯤을 내올 때 무 좀 많이 넣어 달라고 할 정도였다.

　하필 그 순간 아내와 참치 횟집 주방장이 해준 조림 무가 생각났다. 나는 홀린 듯 국자로 흐물해진 무를 조금 베어 종이컵에 국물과 함께 퍼담았다. 후후 불며 무를 입에 대려는 순간, 할머니의 번뜩이는 눈과 마주쳤다. 방금 전까지만 해도 인자해 보이던 할머니의 얼굴이 삽시간에 일그러졌다.

"지금 뭐하는 짓이야! 그까짓 오뎅 하나 처먹
으면서 국물을 네 번씩이나 처먹고도 모자
라 국물 우려내는 무까지 처먹냐?"

나는 그 자리에서 아무 대답도 할 수 없을 만큼 부끄럽고 화가 났다. 당황스럽고 서러운 마음에 반쯤 먹다 만 어묵을 내려놓고 죄송하다는 말만 되풀이하며 주머니에 있는 칠백오십 원을 뿌리듯 내려놓고 뛰쳐나왔다.

몇 십 미터 정도 뛰고 난 후에야 다시 속도를 늦췄다. 서러움에 빨리 취기가 올랐는지 걷는 도중에 구두가 보도 블록 틈에 걸려 앞으로 고꾸라졌다. 욱신거리는 다리를 매만지니 바지 무릎이 찢어져 있었다. 괴롭고 창피했다. 다리 한쪽을 접고 양손을 차가운 땅에 딛고 일어섰는데 길 가는 사람들이 모두 나만 쳐다보는 것 같았다. 그들은 내가 조금 전 포장마차 할머니에게 면박을 당했다는 것과 내 인생이 처참히 끝났다는 것을 알고 비웃는 것 같았다. 어떤 사람은 "네가 그러면 그렇지" 하며 무시하는 듯한 눈빛으로 째려보더니 얼굴을 돌려 가던 길을 재촉했다. 그때 나는 태어나서 처음으로 하나님을 찾았다.

만약 저 하늘 너머에 진정 신이 존재한다면 내 영혼을 팔아서라도 제발 나를 되돌려 놓으라고, 행복했던 시간으로 돌아가고 싶다고 애원하며 울부짖고 싶었다. 머릿속에는 영화 〈박하사탕〉의 마지막 장면이 떠올랐다. 나는 돌아가고 싶었다. 넘치도록 가졌던 행복과 당연하게 소유했던 물질들 그리고 안락한 시간을 즐겼던 나의 세상으로 다시 돌아가고 싶었다.

하지만 실상은 그게 아니었다. 현실은 술에 취해 지나간 과거를 그리워하는, 삶의 의지를 포기한 채 열등감에 빠진 한심하고 초라한 괴물이 쓰러져 있었다. 고통과 절망의 벽을 넘지 못하고 자괴감에 빠져 결국 자신의 몸은 무심한 마포대교를 백 미터 앞에 두고 있다는 사실도 모른 채….

마포대교는 '생명의 다리'라고 부르기도 하는데, 그곳에 올라서면 우선 경치가 탁 트여 시원하다. 서울 야경이 한눈에 보이고 좌우로 휘황찬란한 건물들이 병풍처럼 펼쳐진다. 그러나 아래를 내려다보면 검푸른 한강이 유유히 흐르며 어서 자기 안으로 들어오라고 속삭이는 듯하다.

다리를 따라 걷다가 중간중간 정겨운 문구들을 보았다. "별일 없었어?" "많이 힘들었구나." "기분이 꿀꿀할 때는 기지개 한번 켜." "커피 한잔 어때?" "산책이나 할까?" 요즘 들어 커피를 좋아하게 된 나는 "커피 한잔 어때?" 안내판 앞에 서서 다리 난간을 지그시 부여잡았다. 신기하게도 난간을 잡음과 동시에 주위에서 정말로 진한 에스프레소 향기가 진동했다. 강바람이 세차게 부는데도 커피 향은 계속 진동하고 있었다. 그러나 얼

16

마 후 향기는 곧 사라졌다. 그 향기는 마치 누군가 나에게 주는 마지막 선물 같았다. 다리 위에 가만히 서서 잠시 아래를 내려다보니 출렁거리는 물결이 싸늘하고 검푸르다는 것을 알 수 있었다. 나는 심각하게 스스로에게 묻고 또 물었다.

'여기에서 떨어지면 바로 죽겠지? 내가 아무리 수영을 잘한다 해도 차가운 강물에 뛰어들면 저체온으로 잠시도 견딜 수 없을 거야. 그래, 뛰자…. 뛰는 게 두렵니? 아니…. 죽는 게 두렵니? 아니…. 사는 게 두렵니? 응…. 그럼 뭘 망설여? 빨리 뛰어, 어서!'

난간을 부여잡고 신발을 차례로 벗었다. 뒤축이 닳고 군데군데 해어진 구두를 보고 있자니 나 자신이 너무나 초라해 보였다. 그래서 신발을 다시 구겨 신었다. 왜 사람들이 신발을 벗고 물에 뛰어드는지 이해가 됐다. 누군가 여기 죽었다는 걸 미약하게나마 알리고 싶은 것이다. 신발을 고쳐 신고 다시 강으로 뛰어들려는 순간 에스프레소 향기가 또다시 코를 감쌌다. 동시에 머릿속에서 누군가가 말을 걸어 왔다.

'복수는 어떻게 할 거야? 이런 식으로 세상과 이별하면 가족이나 지인들에게 무슨 도움이 되는데? 정말 너무하는 거 아냐? 여기서 개죽음 당하지 말고 가족들에게 조금이라도 도움을 주고 죽어야 되는 거 아냐? 예를 들면, 음…. 전에도 생각했던 것들 많이 있잖아? 보험, 산업재해, 자동차 교통사고 등등!'

그렇다! 너무 무의미했다. 다리 위에서 죽는 것은 허망하고 값어치 없는 일이었다. 비록 절망과 자괴감에 떠밀려 이곳까지 왔지만 모든 걸 망쳐 버린 내가 여기에서 뛰어내려 죽는다는 것 자체가 사치스러운 행위였다. 이런 비효율적인 죽음은 맞고 싶지 않았다. 죽을 때 죽더라도 가족에게 도움이 되고 보람 있게 죽고 싶었다. 교통사고나 보험사고로 죽어야 그나마 가족들이 경제적으로 최소한의 생활은 할 수 있으리라 생각했다.

'그래, 죽더라도 계획을 잘 세워서 죽자. 값어치 있게, 깔끔하게 마무리해야 한다.'

나는 다리 위에서의 행동을 멈추고 몸을 돌려 매서운 강바람을 맞으며 묵묵히 걸어 내려왔다. 공덕동 로터리 방향으로 내려가 지하철 마포역을 찾아 들어갔다. 개찰구 앞에서 주변을 두리번거려도 검표원은 보이지 않았다. 나는 진입로 양쪽 상판을 눌러 잡고 훌쩍 뛰어넘었다. 주위 사람들은 쳐다보기만 할 뿐 초라한 행색의 나에게 아무도 뭐라고 말하거나 제지하지 않았다. 에스컬레이터를 타고 내려가며 안도의 한숨을 내쉬었다. 지하철을 타고 가는 내내 머릿속에는 잡다한 상념이 잔뜩 떠올랐다. 그 상념이란 자동차 고의사고 계획을 면밀히 보완하는 일이었다. 머릿속에서는 이미 구상이 확정되었고 이제 실행만이 남아 있었다.

골똘히 생각에 잠긴 사이 어느새 수원역에 도착했다. 혼잡한 개찰구를 빠져나와 집 문 앞에 다가섰다. 그리고 낡은 초인종을 눌렀다. 임시로 얻은 허름한 월세 아파트의 현관문이 열렸고 아내가 밝은 얼굴로 나를 맞아 주었다. 아내는 혹시라도 내가 의기소침해할까봐 평소보다 더 환하게 웃으며 명랑하게 행동했다. 아내는 내 뺨에 살짝 뽀뽀를 해주며 온화한 목소리로 말했다.

"식사는 하셨어요? 오늘은 특별히 당신이 좋아하는 고등어조림을 했어요. 식사 안 했으면 금방 차릴게요."

나는 아내에게 아무 일 없었다는 듯 이야기했다.

"무 좀 많이 넣었어? 소주도 한잔할까?"

아내는 생기발랄한 목소리로 대답했다.

"당신은 무만 먹잖아요. 많이 넣었으니까 어서 씻고 오세요."

아내가 종종거리며 주방으로 들어가자 곧이어 낡은 가스레인지 켜는 소리가 났다. 그 사이 도시에서 묻은 온갖 잡념들을 씻어 낼 겸 옷을 벗고 샤워기 앞에 섰다. 샤워기에서 따뜻한 물이 흘러내렸고 그와 동시에 내 눈가에는 물보다 더 뜨거운 눈물이 주르륵 흘러내렸다.

그렇게 십여 분 정도 지났을까. 다리 위에서 결심한 대로 실행할 생각을 하니 마음이 한결 편안해졌다. 샤워를 끝내고 아내와 식탁에 마주 앉았다. 식탁 위에 놓인 차가운 소주를 한 잔 가득 따라 마셨다. 속이 찌릿해 왔다. 다시 술잔을 가득 채웠다. 아내는 저녁을 먹었음에도 자기 그릇에 밥을 조금 떠놓고 같이 먹자고 했다. 아내는 평소처럼 내가 밥을 먹는 동안 말동무를 해주고 자신에게 있었던 일을 재잘대며 말해 주었다.

소주잔을 기울이며 이런저런 대화를 하던 중 아내는 언제부 턴가 새벽기도에 나간다고 했다. 아내가 교회에 다닌 지 오 년 정도 된 줄 알았는데 교회를 본격적으로 다닌 지 벌써 십오 년 이 넘었다고 했다. 다른 집안일도 마찬가지였지만 특히 종교에 관심이 없던 나는 아내의 종교 활동에 별다른 의미를 두지 않 았다. 그런데 저녁을 먹는 도중 아내가 갑자기 말을 꺼낸 것이다.

아내는 힘들어하는 나를 위해 새벽마다 열심히 기도하고 있 으며, 자기가 믿는 하나님이 나를 반드시 도와줄 것이라고 애 써 위로했다. 그러니 조금만 더 용기를 내어 살아갈 힘을 얻으 라고, 잃어버린 자신감을 되찾아 진정 하고 싶은 일을 시작해 보라고 말했다. 아내의 이야기를 듣는 순간 코끝이 찡하고 감정 이 북받쳤다. 그래도 누군가는 이 못난 인간을 위해 진심으로 기도해 준다고 생각하니 가슴이 사무치도록 고마웠다. 아내는 누군가가 나와 자신을 지켜 준다는 걸 확실히 믿는다고 했다. 그리고 그 누군가를 예수님과 성령님이라고 했다. 겉으로 표현 은 안 했지만 순간 또다시 기분이 안 좋아지고 화가 났다. 나는 말없이 소주를 한잔 더 들이켰다. 아내가 나를 생각해 주는 마 음은 고마웠지만, 내가 이 모양 이 꼴로 속고 당했는데…. 그것 을 원망하는 나와 달리 평안해 보이는 아내의 정신세계를 이해 할 수 없었던 것이다.

마음을 진정시키고 소주를 한 잔 더 들이켜며 아내와 다시 이야기를 나누었다. 언짢은 속내를 살짝 풍겼지만 아내는 더 이상 예전의 가냘프고 연약한 모습이 아니었다. 아내의 얼굴은 온화하지만 자신감 있고 확신에 차 있었다. 강인하고 생명력 있는 마음이 느껴졌다. 과연 어떤 깨우침을 얻었기에 그토록 평온해졌는지 조금은 놀랍고 궁금했다.

　나는 신을 신뢰하고 따르는 것은 고사하고, 신이 존재한다는 사실마저 의심하고 있었다. 이 부분에 대해서 더 이상 깊게 이야기하고 싶지 않아 아내에게 다음 날 교회에 가보겠다고 간단히 말한 후 식사를 마쳤다. 어차피 내일이면 나는 이 세상에 존재하지 않을 테니까. 나는 아침 일찍 교회에 다녀온 후 이 세상을 떠날 계획이었다. 어차피 죽을 인생, 마지막으로 기도하고 구원이나 받자는 생각이었다. 구원의 뜻도 잘 몰랐지만 구원받고 죽으면 행여 아내와 주위 사람들에게 조금이나마 고통과 실망을 덜 주리라 생각했던 것이다.

　이제 하나하나 모든 것이 새롭게 시작되고 틀에 맞아들어 갈 것이다. 이 모든 상황이 봄날의 아지랑이처럼 사라질 것이다. 나는 다시 아내를 바라보았다. 아내는 여전히 사랑스럽고 평안해 보였다. 남은 소주를 홀짝이는 동안 마음속으로 굳건한 맹세와 다짐을 했다.

'그래, 이번에는 제대로 해보자. 확실하게 죽어서 나같이 쓸모없는 놈에게도 값어치 있는 일이 있다는 것을 증명해 보자. 나는 할 수 있다!'

추운 날 밖에서 오랫동안 떨었던 터라 따뜻한 저녁을 먹고 나니 금세 긴장이 풀렸다. 피로와 졸음이 점점 몰려오기 시작했다. 나는 음식을 뒷정리하는 아내에게 먼저 쉬겠다고 말한 뒤 침대 위에 그대로 쓰러졌다. 술을 급하게 마신 탓인지 머리가 빙글빙글 돌면서 점점 의식이 사라졌다. 그리고 저기 어둠의 터널 맞은편 한 점 작은 빛이 새롭게 밝아 오는 것을 아주 멀리서 지켜볼 수 있었다.

2

한참을 잔 것 같았다. 마치 오랜 시간을 여행한 듯 까마득했다. 눈 주위가 환하게 밝아 오더니 어디선가 웅성거리는 소리가 들렸다. 날이 밝았다는 것을 알았지만 눈을 뜨고 싶지는 않았다. 나는 눈을 지그시 감고 상념에 잠겼다.

'이젠 정말 멋있고 값어치 있게 행동해야 해. 마지막을 정리하는 계획이니 잘해야 한다.'

그런데 웅성거리는 소리가 점점 더 크게 들려왔다.

'가만, 내가 지금 어디에 있는 거지? 여기는 내가 세 들어 사는 아파트 십이 층 아닌가? 집사람이 텔레비전을 크게 틀어 놓았나? 에이, 시끄러워라….'

잠시 후 담배 냄새가 코를 강하게 찔러 왔다. 동생이 세상을 떠난 후 이 년 넘게 담배를 끊었는데 이상한 노릇이었다. 그렇다고 아내가 담배를 피웠을 리는 없었다. 이상한 생각이 들자

나는 그 상황을 참지 못하고 눈을 떴다. 잠시 후 믿을 수 없는 일이 벌어졌다. 이건 꿈인 게 분명했다….

* * *

이런 말도 안 되는 상황이 벌어지다니…. 나는 망연자실해서 자리에 가만히 앉아 있었다. 놀랍고 황당해서 하늘에 욕지거리를 해댔다. 정말 이런 개 같은 경우가 어디 있느냐고 연거푸 소리를 질렀다. 그러나 내 귀에 들려오는 것은 "우우 월월 우우 멍멍멍" 메아리치는 진돗개 울음소리뿐이었다.

어이가 없었다. 더군다나 이곳은 우리 집도 아니었다. 나는 아내도, 가족도, 아는 사람도 없는 넓디넓은 주차장 한 모퉁이에 내동댕이쳐 있었다.

'정신을 차리고 다시 생각해 보자. 그래, 이건 꿈이야. 이건 빌어먹을 꿈이라고…. 그치? 맞지?'

나는 눈을 꾹 감았다 다시 떴다. 세상은 여전히 반으로 축소된 듯한 낮은 시야로 보였다. 머리를 숙여 보니 얼룩덜룩 검정색 털을 뒤집어쓴 짐승의 앞발이 있었다. 잔디의 간질거리는 느낌이 발바닥 신경을 타고 전해 왔으며 말로 표현할 수 없는 이상야릇한 수십 가지의 냄새가 코를 자극했다. 자동차 타이어 갈리는 소리와 아이들의 해맑은 웃음소리, 중간중간 들리는 어른들의 신경질적인 목소리가 생생하게 들려왔다.

눈앞에는 희한한 광경들이 펼쳐졌다. 드넓은 주차장에는 자동차가 별로 없어 은근히 썰렁해 보였다. 간혹 주차를 마친 사람들이 밖으로 나와 보따리를 싸들고 삼삼오오 떼를 지어 어디론가 향하고 있었다. 그들은 넓고 육중한 다리를 지나 김밥과 떡을 파는 할머니들을 통과해 무리 지어 갔다. 거대한 분수대가 자리 잡고 있는 광장 뒤편에는 길쭉하게 펼쳐진 건물 하나가 보였다. 누가 보아도 명확히 알아볼 수 있는 큼지막한 글자가 박혀 있었다.

'서.울.대.공.원.'

평소 아내와 함께 이곳에 자주 오곤 했다. 집 근처에는 넓은 녹지나 산책 코스가 마땅히 없어서 운동도 하고 동물원과 삼림욕장 구경도 할 겸 즐겨 찾던 곳이었다. 일 년에 열 번 이상 방문하여 변해 가는 계절과 경치를 감상하곤 했다. 즐거운 표정으로 거니는 사람들의 모습을 구경하는 것도 하나의 낙이었다. 서울대공원은 내 나름대로 스트레스를 푸는 중요한 장소이자 안식처였던 것이다.

나는 몸을 다시 움직였다. 인간이었을 때를 생각하면 양발을 딛고 일어서야 했지만 지금은 구조적으로 두발로 일어서기 어려웠다. 그런데 신기하게도 네 발을 딛고 걸으려 하자 몸이 자연스럽게 반응했다. 물론 움직일 때마다 어색했지만 발가락 사이의 털이 부드러운 쿠션 작용을 해주어 걷는 데 그리 문제가 되

지는 않았다. 나는 왜 이런 볼품없고 한심한 개가 되었는지 머
릿속으로 생각하며 입으로는 계속 불만을 내뱉었다.

> "정말 이런 경우가 있을 수 있나? 지금 상황
> 이 현실 맞나? 내가 개가 되다니…."

아무리 생각해 보아도 믿을 수 없었다. 나는 서울대공원 대
광장 분수대에서 동물원 입구 매표소까지 천천히 걸어가며 많
은 생각을 했다. 그리고 분노가 치밀어 올랐다.

'내가 왜 여기까지 온 거지? 뭐 하려고? 무엇 때문에? 나보
고 어떻게 하라는 거지?'

그동안 나는 다른 사람들에게 받은 상처와 배신감으로 화를
표출하곤 했다. 그러나 이런 경우에는 어떤 감정을 가져야 하는
지 전혀 감을 잡을 수 없었다. 평소에 기분 나쁜 감정을 표출하
는 것은 긴박한 상황에 대한 자연스러운 반발이라고 생각했지
만, 지금처럼 개가 된 경우에는 어떻게 마음을 추슬러야 하는
지 좀처럼 알 수 없었다.

이런저런 생각을 하다 보니 어느새 동물원 매표소 앞에 도
착했다. 주위는 아름드리 소나무가 무지개처럼 드리워져 있었
다. 입장을 환영한다는 안내 표지판과 개찰구 앞 동물 조형물
은 손님들을 반갑게 맞이하고 있었다. 이른 오전이었지만 삼삼
오오 사람들이 모여들었고 대공원 중앙 대로변을 통과하는 코

끼리 열차가 유유히 매표소 앞에 정차했다. 승객들은 열차에 타고 내리는 데 여념이 없었다. 한 번에 대략 백여 명의 승객이 내리는 것 같았다.

조금 전의 생각은 잊고 동물원 입구에서 망설였다.

'이곳에 들어가야 하나? 아니면 다시 돌아 내려가야 하나?'

그렇다고 지하철을 타고 집에 갈 수도 없는 노릇이었다. 내가 어찌할 바를 몰라 고민하고 있을 때 갑자기 나이를 가늠하기 힘든 한 남자가 내 앞에 나타났다. 남자는 얼핏 공원의 관리인처럼 보였다. 그는 성큼성큼 다가와 내 머리를 쓰다듬으며 통명스럽게 말을 걸었다.

"여기서 왜 이렇게 헤매고 다니는 거야?"

서울대공원 마크가 새겨진 둥근 사파리 모자를 쓴 남자는 여유로운 표정을 지으며 정답게 윙크했다. 나는 남자를 보며 의심스럽고 놀라운 목소리로 질문을 했다.

"끼잉 낑낑… (내 말이 들려요?)"

남자는 아무 말 없이 저 멀리서 코끼리 열차가 떠나는 것을 잠시 지켜보더니 곧이어 말을 꺼냈다.

"자네가 개인가? 왜 개 소리를 내고 있어? 멍멍 소리는 집어치우고 그냥 마음으로 말해. 그럼 다 알아들어, 이 친구야."

나는 너무나 황당하고 기가 막혀서 넋을 놓고 남자를 바라보았다. 그리고 또다시 속으로 생각했다.

'이건 또 무슨 상황이야? 이 남자가 내 말을 알아듣잖아? 이

거 참 뭐가 어떻게 돌아가는 건지 모르겠네.'

황망한 마음으로 고민하는 사이 주변 사람들은 줄지어 동물원에 들어가고 있었다. 몇몇 사람은 남자와 나를 번갈아 보며 인사를 건넸다.

"아저씨, 안녕하세요? 건강은 여전하시죠? 오늘 날씨가 참 좋아요."

아저씨라 불리는 이 남자는 사람들의 인사에 일일이 답해 주며 좋은 하루를 보내라고 정겹게 웃어 주었다. 나는 사람들의 연속된 인사가 낯설고 신기했지만 분위기는 그리 나쁘지 않았다. 그러나 아장아장 걷는 꼬마 녀석들이 자꾸만 내 꼬리와 털을 잡아 뜯는 바람에 더 이상 아저씨와 편안히 앉아 있을 수 없었다.

아저씨는 나의 심기를 알아차렸는지 다시 말을 건넸다.

"이봐. 자네, 괜찮은가? 마음은 좀 진정되었나? 그럼 나와 같이 공원을 천천히 산책하는 건 어때? 자, 일어나시게 친구!"

아저씨는 내 머리를 부드럽게 쓰다듬으며 등허리를 살짝 치더니 발걸음을 재촉했다. 갈색 작업복에 노란 장갑을 끼고 어깨에는 두툼한 보온병을 둘러멘 아저씨는 체구가 작고 말랐지만 몸놀림만큼은 상당히 가벼워 보였다. 나는 의구심으로 가득한 눈빛으로 다시 말했다.

"저기… 지금 제 말이 들리시는 거 맞죠?"

아저씨는 나를 물끄러미 바라보더니 굵은 목소리로 대답했다.

"그래, 들린다네! 나는 자네가 생각하고 말하는 모든 것이

들리지. 자네의 두려움, 자네의 속마음, 그리고 자네의 감춰진 진짜 마음을 느낄 수 있다네."

나는 급한 마음에 아저씨에게 재차 물어보았다.

"저기… 그럼 제가 누구인지 아시나요? 제가 왜 이런 곳에 있는 건가요? 지금 제게 무슨 일이 일어나고 있는 건지 말씀해 주세요. 지금 당장이요!"

아저씨는 앞장서 가다가 뒤를 돌아보며 말했다.

"이곳은 놀랍고 새로운 일이 일어나는 장소라네. 지금은 그 정도까지만 알아 두는 게 좋을 거야."

나는 아저씨의 말을 듣고 살짝 화가 났지만 한편으로는 두려운 마음이 들어 아저씨의 뒤를 마지못해 따라 걸었다. 아저씨는 길을 오르며 땅에 떨어진 휴지나 비닐 조각을 주웠고 만나는 사람에게 정답게 인사를 나누기도 했다. 한동안 말없이 아저씨를 따라다니다가 또다시 말을 걸었다.

"아저씨는 이곳에 오신 지 얼마나 되셨어요? 아저씨는 보통 사람과 다르게 저와 대화하실 수 있네요? 그러는 걸 보면 아저씨도 보통 사람은 아닌 것 같은데 도대체 제가 어떻게 된 건지, 저에게 왜 이런 상황이 벌어진 건지 좀 알려 주세요."

아저씨는 가던 길을 멈추고 조용히 벤치에 앉아 말문을 열었다.

"자네는 왜 이리 의심이 많고 걱정이 많은 겐가? 어차피 지금 이 상황에서 자네가 할 수 있는 일도 없지 않은가? 이곳에 대한 질문은 더 이상 그만하게. 앞으로는 내가 더 많이 질문할 것이고, 자네는 답변을 해야 하는 입장이라네. 지금보다는 좀 더 인내심을 가지게."

아저씨의 핀잔 섞인 충고를 듣고 나는 아무 말 없이 고개만 푹 숙였다. 아저씨는 시무룩해진 나를 보더니 다시 말을 이어 갔다.

"자네가 의심스러워하는 내용을 전부는 아니지만 간략하게 설명해 주겠네. 우선 자네도 느꼈겠지만 나는 일반 사람과는 달라. 자네도 알다시피 개와 대화하는 사람이 얼마나 되겠는가. 나는 알레한드로라고 하네. 내가 이곳에서 활동하는 주된 목적은 자네 같은 사람을 변화시키고 새로운 삶으로 초대하는 것이지."

알레한드로 아저씨는 잿빛 구름이 드리운 하늘을 쳐다보고 고개를 두 번 끄덕이더니 다시 나를 바라보았다.

"자네가 이곳으로 온 이유는 반드시 있다네. 그러니 너무 조급히 생각하지 말고 자네의 암울했던 시간과 경험을 돌아보며 왜 그렇게 되었는지 차분히 알아보자고. 그건 그렇고 여기에서 기억해야 할 것이 하나 있어. 그건 자네와 나의 인연이지. 우리가 관계를 끝까지 이어 가려면 먼저 변치 않는 신뢰가 필요하네. 이곳에서 소기의 목적을 달성하려면 첫째로 믿음 없이는 불가

능하다는 것을 알아야 한다는 말이네. 그런 다음에야 자네가 스스로 배우고 습득한 능력으로 이곳을 벗어날 수 있을 게야."

알레한드로 아저씨의 말이 끝나자마자 나는 볼멘소리로 말했다.

"아저씨, 저는 이곳에 오고 싶어서 온 것도 아니고 이 모양 이 꼴로 변한 이유조차 모르고 있다고요. 보통 사람 모습도 아니고… 아니, 차라리 노숙자나 거지가 낫지. 개가 뭡니까? 개가요?"

아저씨는 나의 항변은 듣지도 않고 흐트러짐 없는 자세로 나를 응시하며 냉철하게 말을 이어 갔다.

"자네… 지금부터라도 다시 시작해 보고 싶지 않나? 어제까지만 해도 자네는 영화 〈박하사탕〉이 어쩌고저쩌고하면서 예전으로 돌아가고 싶다고 하지 않았나. 진정 자네가 뜻하는 바대로 살기 위해서는 지난날 냉혹했던 시간은 모두 잊고 새롭게 시작해야 하는 거야. 어리석은 생각은 버리고 진짜 자네의 본모습을 찾아보는 건 어떤가?"

알레한드로 아저씨는 이야기를 마치고 다시 하늘을 바라보았다. 나는 아저씨의 말이 쉽게 믿기지는 않았지만 그렇다고 완전히 틀린 말도 아니었기에 일단 그의 말에 집중해 보기로 했다. 아저씨는 계속 조용히 하늘을 바라보고 있었고, 시간은 어느덧 흘러 정오의 햇살이 따뜻한 기운을 곳곳에 흩뿌리고 있었다. 길 옆 가로등 스피커에는 잔잔한 클래식 음악이 흘러나왔고 저 멀리 호숫가에는 이제 막 알에서 깨어난 듯한 새끼 오리들이 종종걸음으로 어미 뒤를 쫓고 있었다.

나는 알레한드로 아저씨가 또 무슨 말을 할지 무척이나 기대되었다. 하늘을 뚫어지게 쳐다보던 아저씨는 이내 부드러운 표정으로 나를 바라보더니 이야기를 시작했다.

"세상에는 공평한 것이 별로 없지만, 누구에게나 공평하게 주어지는 것이 있어. 바로 시간이라네. 부자든 가난한 사람이든 누구나 똑같은 시간을 보내고 있지. 자네가 사계절을 보내듯 인생이라는 계절 역시 동등하게 흘러간다네. 운명이라는 녀석이 자네에게 인생이라는 계절을 만들어 준 것이지. 자네는 직장을 잃어버리고 사업도 망했네. 가족과 지인들과의 관계는 말할 것도 없고… 그렇지 않나? 그래, 지금 자네의 인생에 겨울이 찾아온 게야. 차가운 눈과 매서운 폭풍 때문에 모든 것이 얼어붙고 옴짝달싹 못하게 된 것이라네. 인간은 본능적으로 강렬한 여름이나 추운 겨울을 싫어하고 움직임 자체도 힘겨워하지. 그러나 포근한 봄이나 풍성한 가을은 아주 좋아한다네. 하지만 아무리 노력해도 지구가 공전하는 한, 다시 말하면 지구가 태양을 돌고 있는 동안은 계절이 순차적으로 바뀌는 운명에서 한 치도 벗어날 수 없네.

자네도 이 인생의 법칙에서 결코 예외가 될 수 없지. 그러나 자네에게 매섭고 혹독한 겨울이 찾아온다 해도 지혜롭게 견디고 행동하면 따뜻한 봄이 올 거라네. 자네가 어떤 삶을 살아왔는지 또 어떤 방법으로 살아가야 하는지 솔직하게 대면한다면 깨닫게 될 거야. 자네는 지금 이 시간부터 과거로 갈 수 있고 현재의 모습을 과거로 투영해 볼 수도 있어. 그리고 자네와 관계된 미래가 보인다면 그건 나중에 뜻 깊은 일이 벌어질 수도 있다는 얘기일세. 하지만 너무 기대하거나 반대로 너무 실망하지는 말게. 지금껏 그런 완벽한 일은 일어나지 않았으니까. 그래도 만약 그런 일이 벌어진다면 미래 또한 변한다는 뜻일 게야. 너무 복잡한가? 우선 자네의 과거와 현재에 집중하기로 하고 차분히 준비해 보세. 자, 힘들지만 중요한 여행을 떠날 준비가 되었나, 친구?"

"친구…요?"

나는 머리가 복잡해지며 알레한드로 아저씨를 신뢰해야 할지 말지를 고민하다 우물쭈물 대답을 못하고 말았다.

"땡!"

알레한드로 아저씨는 '땡'이라는 소리와 함께 박수를 치며 나에게 다가왔다.

"앞으로 이 '땡' 소리가 네 번 울리면 자네는 지금 이곳에서 벗어나 이전의 현실로 돌아가게 된다네. 그것은 자네가 예전의 암울한 삶으로 돌아가 어떤 인생을 살든 개입하지 않겠다는 얘기일세. 다시 한 번 강조하네만 자네의 굴곡진 인생이 그렇게 뜻 깊고 행복하지는 않았을 거야. 그 역시 자네가 만든 결과였지만 말이네. 지금부터는 결단코 망설이면 안 돼. 기회가 왔을 때는 절대로 놓치지 말고 신속히 대답하라고. 알겠는가?"

"예…"

알레한드로 아저씨는 이전보다 조금 더 힘을 주어 말했다.

"이제부터 자네는 이 동물원 구석구석을 돌아다니며 삶의 희로애락을 경험하고 배우게 될 게야. 물론 자네에게 이곳이 낯설지 않다는 건 이미 알고 있어. 자네가 주말에 아내와 함께 운동 겸 나들이 나온 것을 여러 번 보았지. 하지만 지금의 자네는 예전의 자네가 아니지 않은가. 마찬가지로 지금 이곳도 그때의 동물원이 아니라는 것을 내 장담하겠네. 어쨌거나 자네가 여기에서 생활하려면 규칙이 하나 있어. 그건 자네가 이곳에서 동물의 생각을 갖고 생활해야 한다는 거야. 그들의 마음을 이해하고 따라야만 소기의 목적을 달성하고 이곳에서 나갈 수 있다네. 자, 다시 한 번 물어보겠네. 자네는 이 기회를 스스로 선택하고 실행하기로 한 것 맞나?"

"예!"

알레한드로 아저씨는 나에게 다가오더니 자신의 가방에서 무언가를 꺼내 보이며 말했다.

"이 목걸이는 자네가 이 동물원 어디든 들어갈 수 있는 열쇠이자 나의 친구라는 표식이네. 목걸이를 채울 테니 목 좀 내밀어 봐."

두꺼운 검정색 가죽으로 만든 목걸이는 전체적으로 고급스러운 분위기가 풍겼다. 목걸이 중간에는 순금으로 된 동그랗고 납작한 펜던트가 걸려 있었고 그 위에 이런 글귀가 쓰여 있었다.

"네 믿음대로 될지어다."

튼튼하게 마감 처리가 되어 있는 버클은 곧이어 내 목에 살며시 감겼다. 목걸이를 차며 내 인생이 또다시 속박당하는 것은 아닌지 잠시 불안했지만 마음을 고쳐먹고 새로운 삶을 살겠다는 기대감으로 얌전히 앉아 있었다. 이곳에 들어오기 전 나는 희망을 잃어버린 채 매번 같은 패턴의 인생을 살아왔다. 내 삶은 언제나 비슷한 일상의 반복이었고 생명력이라고는 찾아볼 수 없는 나날을 보냈다. 나름대로는 하루하루 새로운 각오를 하고 삶을 변화시키려 노력했지만 그 어떤 진척도 보이지 않을 때가 많았다. 세상과 나 자신의 본질을 모르는 상태에서 비장한 목표만 세운들 아무런 효과가 없었던 것이다.

하지만 내가 진실로 바라는 것이 어떤 것인지, 내 안에서 솟구치는 바람이 무엇인지 눈여겨본다면 인생에 대한 새로운 비전이 나를 더욱 활기차게 해줄 것이라는 막연한 기분이 들었다. 진정으로 행복한 삶을 살기 위해 잘못된 생각이나 행동을 명확히 이해하고, 그것들이 초래하는 결과를 낱낱이 파헤쳐 고쳐 나가야 함을 알 것 같았다.

동물원 주위를 둘러싼 벚나무의 앙상한 가지는 새순을 틔우며 다가오는 봄을 준비하고 있었다. 아저씨는 나와 같이 동물원 정문에 다가섰다. 입장권을 검사하는 젊은 직원들은 우리를 환한 미소로 맞아 주었다.

"아저씨, 안녕하세요? 오늘도 어김없이 출근하시네요. 건강하시죠? 저는 아저씨 덕분에 학교도 잘 다니고 행복하게 지내고 있어요. 아저씨가 베풀어 주신 은혜 영원히 잊지 않을게요. 감사해요."

젊은 검표원은 아저씨와 오래된 사이인양 반갑게 인사했고 나와 아저씨를 번갈아 보더니 말을 이어 갔다.

"어? 그런데 오늘은 웬 개를 데리고 오셨어요? 이리 와. 쯧쯧. 너 이 녀석, 아저씨 말씀 잘 들어야 한다. 착하지, 쯧쯧."

알레한드로 아저씨는 검표원에게 웃으며 목례를 하고 동물원으로 들어섰다. 그리고 나에게 다시 이야기했다.

"이제 이곳에 들어온 이상 자네는 개처럼 살아야 할 것이네. 자네의 이름과 과거의 기억들은 잊고 이 공원의 한 부분으로 살아야 한다는 뜻이지."

태양은 청계산 능선에 붉은 빛을 내뿜으며 저물고 있었다. 몇몇 사람은 퇴장을 하려는 듯 공원길을 서둘러 내려왔다. 문을 닫으려면 한 시간이나 더 남았지만 동물원을 내려오는 어른들은 이미 볼 건 다 보았다는 표정이었다. 반면 아이들은 더 있고 싶다고 칭얼대며 발을 동동 굴렀다. 알레한드로 아저씨는 그 모습을 보며 뭐가 그리 즐겁고 좋은지 연신 미소를 지었다.

그리고 떠나는 사람마다 다정한 인사를 건네며 길을 따라 천천히 거닐었다.

우리는 동물원 입구에서 멀지 않은 유모차 대여소 근처 벤치에 앉았고 아저씨는 다리를 꼬며 본격적으로 이야기를 시작했다.

"자네는 자신에 대해 얼마만큼 자부심을 가지고 살아가는가? 10점 만점에 몇 점이라고 생각하나? 5점? 8점? 틀렸네. 자신감이 넘치는 사람은 스스로 점수를 주지 않지. 남들이 어떻게 평가하든 자기에게 만큼은 점수를 주지 않는 거야. 자네도 앞으로 스스로에게 만큼은 점수를 주지 않았으면 좋겠어. 그런 것이 바로 자신감이라네. 누구나 자신의 안타까운 상황이나 어려운 현실에 대비해서 용기를 가지고 기회를 잡을 수 있어야 하네. 자네가 자신감을 가지고 최선의 노력을 해야만 본인이 원하는 목적을 성취할 수 있다는 뜻이야. 그리고 그런 기회가 왔을 때는 반드시 잡아야 하네. 매일매일이 그냥 흘러가는 것 같고 시간이 모든 걸 해결해 준다는 말도 있지만 일을 변화시켜야 하는 주체는 바로 자신이기 때문이지. 시간을 어떻게 보내는가에 따라 인생이 결정되기도 한다네. 주어진 시간을 잘 활용하라는 뜻은 능력과 자신감을 최대한 발휘하되 단점이나 부족한 부분은 단호히 바꾸라는 뜻이지.

한마디로 강점은 부각시키고 약점은 고쳐 쓰라는 말이네. 재능에 더해 지혜롭게 선택하는 방법을 배운다면 행운은 저절로 찾아올 것이네…. 다만 자네가 있는 척하고 스스로 자랑하며 예전처럼 안하무인격으로 행동한다면 다시 나락으로 떨어질 게야. 자기 이익과 교만을 고집하며 자랑만 늘어놓는다면 엄청난 불행이 닥칠 것임을 명심해야 하네. 비굴하고 두렵고 괴로운 인생이 되지 않으려면 교만을 떨치고 절제와 겸손으로 살아가야 한다네. 또한 절제와 겸손은 자신을 기준으로 지켜 나가야 하네. 다른 사람에게 절제와 겸손을 강요해서는 안 된다는 뜻이지. 그 또한 교만일세. 그것은 오롯이 자신과의 싸움이라네. 그리고 자네가 계획한 일이 원하는 방향으로 이루지지 않더라도 실망하거나 자괴감에 빠져서는 결코 안 되네. 천천히 되돌아보는 시간을 가지고 자신을 다시 규정해야 할 게야. 더불어 아무리 빠르고 중요한 결정을 내려야 할 일이 있어도 단순하게 판단하지는 말게. 비록 시간이 걸릴지라도 신중히 결정해야 한다는 것이지.

자! 이제 정신 차리고 마음의 결정을 해야 하네! 언제까지 그렇게 수동적이고 아무런 목적 없이 살 겐가? 이제 안 된다는 말은 집어치우게! 자네는 반드시 할 수 있어. 지금부터 자네의 이야기가 시작될 거야. 자네는 이야기의 주인공이자 감독이라 생각해야 하네. 그리고 이곳에서는 무엇을 해도 좋으니 스스로

행동하고 결정하겠다는 마음을 품게. 나머
지는 여기서 자연스럽게 배울게 될 게야…"

　나는 알레한드로 아저씨의 장황하고 의미심장한 말을 들으
며 약간의 독립심과 자존감이 생기는 것을 느꼈다. 그가 하는
이야기가 사실이라면 나도 내 인생을 이곳 서울대공원에서 다
시 한 번 의미 있게 계획하며 실천하고 싶었다. 이제 마음먹어
야 할 것은 하나밖에 없었다. 자리를 박차고 행동하는 것이다.
굳은 결심을 하고 다시 알레한드로 아저씨 쪽을 보았다.

　"…어디 갔지?"

　나는 한참을 두리번거리며 아저씨를 불러 보았지만 아저씨
는 사라지고 없었다. 주위를 둘러볼 겸 서울대공원의 전체 안
내도를 눈여겨보았다. 나는 처음으로 서울대공원이 생각보다
매우 거대하다는 것을 알게 되었다.

3

이곳은 동물원, 테마가든, 자연캠프장, 국립현대미술관, 서울랜드, 장미원 등 규모가 제법 컸다. 내가 있는 곳은 동물원이었다. 동물원 안쪽 광장에는 차가운 바람이 동장군을 몰고 와 온몸이 시렸다. 관람객이 거의 빠져나간 광장 앞 파라솔 벤치들도 설익은 봄날의 꽃잎처럼 단단히 동여 메어 있었다.

동물원 사슴길을 따라 걸으려고 앞발을 내딛는데 편의점 뒤에서 부스럭거리는 소리가 들렸다. 가까이 가보니 누군가가 쓰레기통을 뒤지고 있었다. 그곳에는 관람객들이 먹다 만 김밥과 햄버거, 머스터드소스가 발린 핫바가 땅에 나뒹굴고 있었다. 냄새나고 더러운 쓰레기더미 위에 얼룩덜룩한 털을 뒤집어쓴 동물이 두 발로 서 있었다.

눈 주위에 까만 털이 동그랗게 박혀 있고 선명한 줄무늬 꼬리가 달린 미국 너구리였다. 그의 인상은 노련한 사기꾼처럼 보였고 초라한 행색에 비굴함이 묻어났다. 너구리는 내가 다가가는 것도 모르고 입 주위에 듬성듬성 개미를 묻힌 채 버려진 음식을 허겁지겁 삼키고 있었다. 가끔씩 혀를 날름거리면서 개미들을 반찬 삼아 먹었고, 주위 시선은 아랑곳없이 오로지 먹는 데만 집중했다. 너구리가 조각난 치즈버거와 말라비틀어진 감자튀김을 입에 막 넣으려는 찰나 나와 눈이 마주쳤다. 그는 감자튀김을 두 발로 집으며 말했다.

"헤이, 요우. 보아하니 너는 근방의 다른 도그들과는 달리 특별한 눈을 가지고 있군. 넌 어디서 왔니? 왓 츄어 네임?"

나는 솔직하게 말하고 싶지 않았다. 사람인 내가 개꼴을 하고 다니는 것도 망신스러운데 이제는 이런 쓰레기나 뒤지는, 그것도 한국말도 제대로 못하는 미국 너구리와 통성명을 하고 있자니 기가 막힐 지경이었다. 하지만 알레한드로 아저씨가 이야기한 내용 중에 '겸손하라'는 말이 금방 머릿속에 떠올랐다. 그래서 그를 존중하려는 마음을 먹고 나름대로 천천히 알기 쉽게 설명해 주었다.

내가 이곳에 온 이유는 자신감을 찾기 위해서이며, 이곳에서 경험과 깨달음을 얻어 인생을 새롭게 만들어 가고 싶다고 말했다. 그는 바로 알아들었다는 듯 자신의 이야기를 시작했다.

"어, 나는 알렉스라고 해. 내 고향은 미쿡 디트로이트야. 어쩌다 보니 이곳에 와서 정착해 살고 있지. 하지만 이래 봬도 난 자유의 몸이야."

내 말을 잘 이해했다고 생각했는데 역시나 대부분은 알아 듣지 못한 것 같았다. 그를 다시 불러 세워 내가 개로 변한 과정과 현재 상황을 차분히 말해 주었다. 그리고 서울대공원에서 의미 있는 인생을 새롭게 시작하고 싶은데 어떻게 하면 좋을지 천천히 물어보았다.

알렉스는 나의 이야기를 주의 깊게 듣더니 조금 어눌하지만 차분한 말투로 다시 이야기를 시작했다.

"그래? 그렇다면 아울로드(부엉이길)를 따라서 삼백 미터 정도 올라가 봐. 그러면 야행관이 나오는데 거기에서 천리안 그랜드마마에게 가서 조언을 해달라고 하는 것이 맞을 거야. 천리안 그랜드마마는 우리 동물들의 마음을 케어 해(보살펴) 주기로 유명하지. 그분이라면 네가 이곳에서 어떻게 처신해야 할지를 오얼(또는) 뭔가를 뉴스타트(새롭게 시작)할 수 있게 도와줄 거야. 그리고 네가 좀 전에 내게 말해 준 그 마음가짐 포에버(영원히) 변치 않기를 바래. 타인에 대한 겸손한 마음이 너를 위기에서 언제든 건져 줄 거야. 지금 우리의 만남이 비록 초라하고 시간도 그리 풍족한 건 아니지만 네가 스스로 정체성을 찾아 갈 때 럭키하다면 우린 또다시 만날 수 있을 거야. 이곳에서 컨피던스! 자신감을 갖춘다면 운명이 우리를 이어 줄 수도 있다는 얘기지. 그럼 난 와이프와 약속이 있어서 먼저 갈게. 씨유 어겐…"

서둘러 쓰레기통을 벗어난 알렉스는 얄궂은 미소를 지으며 광장 아래쪽으로 내려갔다. 나는 개울을 감싸고 있는 부엉이길을 따라 공원 북쪽으로 올라갔다. 주위는 깜깜한 밤이었고 야행관 건물 앞 부엉이 다리에 도착했을 무렵에는 오렌지색 가로등이 한적한 거리를 밝히고 있었다. 도로에서 올라오는 냉기에 발바닥이 시렸지만 빠른 걸음으로 걸어온 탓인지 온몸은 따뜻하고 상쾌하기까지 했다.

시냇물에서 흘러나오는 물소리, 퍼지는 풀내음과 나무향기가 너무나 감미로웠다. 나는 잠시 서서 그것들이 내뿜는 피톤치드를 맡으며 자연의 경이로움을 맛보았다. 인간이었을 때는 느끼지 못한 냄새가 새록새록 풍겨 왔다. 이런 싱그러운 냄새가 앞으로 맞이할 새로운 인생의 향기가 되어 영원히 지속되기를 바랐다.

❋ ❋ ❋

야행관은 이름에서 풍기는 느낌대로 스산했다. 더군다나 산 중턱에 위치하고 있어 마치 귀곡 산장에 입장하듯 음산하고 조용했다. 이미 관람객들이 빠져나간 시간이라 셔터문은 굳게 닫혀 있었다. 그런데 야행관 앞에 들어서자 착용한 목걸이에 강한 진동이 느껴지며 문이 자동으로 열렸다. 문 앞에서 몸을 반쯤 걸치고 들어갈지 말지를 망설이던 중 야행관 안에서 굵고 허스키한 음성이 들려왔다.

"이리 들어오너라."

근엄하고 무게가 실린 목소리였다. 마치 영화에 나오는 마법사 할머니 목소리 같았다. 나는 용기를 내어 어두운 야행관 안

으로 한 걸음씩 옮겼다. 현관문을 지나 몇 미터 정도 더 들어가
자 실크 넥타이의 부드러운 감촉과 싸구려 향수 냄새가 느껴
졌다. 자세히 살펴보니 암막 커튼이었다. 커튼을 젖히자 와인색
불빛이 눈에 들어왔다. 심호흡을 하고 내부로 들어가 머뭇거리
고 있는데 머리 위에서 강렬한 회오리바람이 일었다. 털이 수북
한 발과 날카로운 발톱이 내 몸통을 휘감아 올리더니 중앙의
단상 위로 내동댕이쳤다. 나는 날아가는 짧은 순간 발을 허공
에 휘저으며 힘 있게 저항했지만 역부족이었다.

정신을 차리고 주위를 살펴보니 실내는 조금 전과 사뭇 다
르게 바뀌어 있었다. 붉은 조명을 제외한다면 분위기는 최고급
호텔 내부와 다를 바 없었다. 다만 벽면에 붙은 수많은 익살스
러운 부엉이 사진들이 눈에 아른거렸다. 사진을 물끄러미 보고
있는데 벽면 어두운 구석에서 내 몸보다 세 배는 커 보이는 올
빼미가 성큼성큼 걸어 나왔다. 내가 겁에 질린 표정을 짓자 올
빼미는 잡아먹을 듯한 눈빛으로 나를 쏘아보았다. 올빼미는 거
대한 날개를 파닥거리며 크고 날카로운 부리를 무섭게 내 얼굴
에 들이밀더니 이야기를 시작했다.

"뭐하는 놈인데 이곳까지 온 게야? 거기다가 예약도 안 하
고 말이야. 혹시 누가 이 천리안 할매에게 가보라고 안내해 주
었나?"

천리안 할머니의 눈매는 사납고 무서웠지만 전체적인 얼굴
에는 친숙함과 다정함이 묻어났다. 나는 기념광장에서 만난 너

구리의 말을 듣고 이곳으로 왔다고 말했다. 나는 다급한 마음에 할머니의 천리안 같은 눈으로 미래를 보여 달라고 말했다. 그리고 어떻게 하면 이곳을 무사히 빠져나갈 수 있는지 물었다.

"땡! 땡!"

할머니는 고개를 양옆으로 갸웃거리는 올빼미 특유의 몸짓을 하더니 나를 째려보고는 큰 소리로 이야기했다.

"이제 두 번 남았어. 자네 기억하나? 땡 소리가 네 번 울리면 서울대공원에서 쫓겨나 예전의 두렵고 고통스러운 현실로 돌아가야 한다는 것을. 내가 왜 '땡'이라고 했는지 아는가? 자네는 과거를 정리하지도 못한 주제에, 하다못해 자네의 현재 상황이 어떻게 돌아가는지도 모르면서 뻔뻔하게 미래를 알려고 했네. 도대체 정신이 있는 겐가? 아니면 그 정도로 자신 있는 삶을 살아온 겐가? 개뿔도 모르는 주제에 은근슬쩍 찔러 보려고 이러는 겐가? 알렉스는 왜 자네 같은 사람을 만나 금쪽같은 시간을 낭비했는지 모르겠군. 더군다나 나한테까지 이런 쓸모없는 고생을 시키다니…."

천리안 할머니가 나의 성급함과 자만심을 질타하는 순간 망치로 머리를 얻어맞는 듯한 충격에 휩싸였다.

'내가 지금 할머니에게 무슨 말을 한 거지? 미래? 그래, 알레한드로 아저씨가 미래에 대해서는 절대로 자신만만하게 생각

하지 말라고 하셨는데…'

성급하고 교만한 마음에 시작부터 일을 그르쳤다는 생각을 하니 몸 둘 바를 몰랐다. 그러나 할머니는 조금 전보다 많이 누그러진 목소리로 다시 이야기를 시작했다.

"나는 자네에게 자기 자신을 모르면 미래가 없다는 것을 알려 줄 뿐이야. 자네의 운명을 예견해 주는 점쟁이나 주술사가 아니라는 말이네. 이해가 되는가?"

할머니는 조금 전 화가 난 마음이 진정되었는지 차분한 어조로 다시 물었다.

"그럼 내 말을 이해했으리라 믿고. 어디 보자, 자네의 과거를 내게 이야기해 줄 준비가 되었는가? 뭐부터 시작하겠나. 사업? 직장? 가족? 괜찮아, 이 친구야! 아무래도 좋으니 내 눈을 똑바로 보고 처음부터 얘기해 봐. 어떤 사람이든 처음 자신을 솔직하게 드러내라고 하면 두려움과 반항심이 생기게 마련이지. 하지만 시간이 흐르고 경험이 쌓이다 보면 자네가 왜 여기에 왔는지 알게 될 게야. 그러니 너무 걱정하지 말고 반드시 내 눈을 똑바로 쳐다보고 솔직한 자네의 마음을 떠올려야 하네…."

잠시 후 할머니는 보라색 벨벳 보자기에 씌워진 볼링공 크기의 수정 구슬을 보여 주며 온화한 음성으로 말했다.

"자네가 모든 것을 잃어버리고 이곳 서울대공원까지 오게 된 것은 모두 자신이 만든 결과라는 것을 알아야 해. 다른 사람을 원망하거나 탓해서는 안 되네. 반드시 본인이 책임지고 나아가야 한다는 것을 명심하고 어떤 상황이 닥쳐오든 겸허한 마음으로 마주해야 할 게야. 자! 여기에 놓인 이 속죄의 구슬을 쳐다보게. 지금부터 자네는 이 구슬 속으로 여행을 떠나게 될 게야. 정신을 집중하고 구슬을 똑바로 마주해야 하네…"

나는 구슬을 뚫어지게 쳐다보았다. 처음에는 투명하고 동그란 금붕어 어항을 뒤집어 놓은 것 같았는데 한참을 보니 구슬 안에서 색깔이 변하며 소용돌이치고 있었다. 빙빙 돌아가는 수정 구슬 안으로 점점 빨려 들어가는 느낌이 들었다. 현기증이 나면서 기억의 저편으로 넘어간 것 같았다. 곧이어 내 몸이 사라지더니 영혼만이 허공에 떠다니고 있었다. 내 영혼은 삼 년 전 우리 가족이 함께 살던 고급 아파트 거실에 있었다.

나는 화가 머리끝까지 치솟았다. 눈알이 뒤집힐 것 같은, 마치 미친 동물의 모습처럼 어린 아들을 무섭게 응시하고 있었다….

"너 왜 그랬어? 네가 뭐가 부족해서 이따위 짓을 해? 말 좀 해봐, 이 자식아! 왜 대답이 없는 거야? 너 미쳤냐?"

아들은 미성년자 신분으로 편의점에서 담배를 구입하려다 점원의 신고로 경찰서에 붙잡혔다. 사고 처리를 마치고 집으로 막 돌아온 상황이었다. 나는 주체할 수 없는 분노와 아들에 대한 배신감으로 이성을 잃었다. 손을 허공에 들어 아들의 따귀를 연속해서 때리고 있었다. 아들은 죄송하다는 말을 되풀이하며 두 손으로 얼굴을 감싸 쥐고 주저앉았다. 그런 상황을 방 안에서 지켜본 아내는 거실로 뛰어나와 나를 가로막았다. 그리고 상기된 얼굴로 소리치며 항의했다.

"그만해요! 애를 이렇게 때리다니…. 애가 이 정도로 맞을 짓 했다고 생각하지 않아요! 당신 너무하는 거 아니에요? 지금껏 애한테 한 번이라도 제대로 신경 써본 적이나 있어요? 당신이 뭘 잘했다고 애를 때리는 거예요? 제발 그만하라고요! 당신이 아빠로서 자격이나 있어요?"

아내는 울고 있는 아들을 감싸 안으며 흐느꼈다. 아내는 떨리는 손으로 아이의 등을 토닥거리면서 "괜찮아, 괜찮아"를 되풀이했다. 나는 그 모습을 지켜보면서 아내에게 따지듯 소리쳤다.

"당신이 이따위로 애를 관리하니까 사고를 치고 다니잖아! 어린놈이 담배나 피고 집 나가서 들어오지도 않고. 이번이 도대체 몇 번째야! 걸핏하면 지 아버지 지갑이나 뒤지고 다니질 않나. 작년까지만 해도 꽤나 공부도 잘하고 말도 잘 듣는 모범생 아니었냐고!"

나는 감정이 격해진 상태에서 아들과 아내를 노려보며 소리쳤다. 그러자 아내는 오히려 냉정을 되찾고 차분한 목소리로 말했다.

"우리 아들은 지금도 착해요. 그거면 됐지, 당신은 도대체 애한테 얼마나 기대를 하는 거예요? 당신 자신을 생각해 보라고요. 당신은 애한테 뭘 얼마나 잘했는데요? 애들 입학식이나 남들 다 가는 졸업식에 한 번이라도 가본 적 있어요? 하다못해 단 십 분이라도 애랑 공놀이해 본 적 있어요?"

아내의 항변을 듣고 있자니 어린 시절 부모님과 함께했던 졸업식들이 생각났다. 초등학교 졸업식 때 어머니는 난생 처음으로 제과점에서 초콜릿 케이크를 사주셨다. 중학교 때는 어머니, 아버지와 함께 중국집에서 탕수육과 자장면을 먹었다. 고등학교 졸업식 때는 아버지가 식구들을 대동해 고깃집에서 소갈비를 사주셨다. 그날 아버지는 나에게 이제 다 컸다며 처음으로 소주 한 잔을 건네셨다. 나는 그때의 추억들을 잊을 수 없었다.

아내와 아들은 부둥켜안고 있었고 나는 그 자리에서 여전히 울분을 참지 못하고 서 있었다….

그 모습을 영혼이 되어 지켜보고 있던 나는 하염없이 눈물을 흘렸다. 부모님에 대한 그리움과 미안함도 있었지만 아내의 말처럼 아들에게 해준 것이 아무것도 없다는 사실에 허무하고 슬펐다. 스스로에 대한 원망과 죄책감이 몰려왔다. 아들과 나는 이런 식으로 의미 없이 서로에게 멀어지고 있었던 것이다. 나는 부끄럽고 절망스러운 감정을 느끼며 이 상상의 세계에서 빠져나오려 몸부림쳤다. 영혼만 움직이는 상황이었지만 그 공간은 매우 춥고 삭막했다. 머리가 다시 어지러웠고 내 영혼은 아무런 저항 없이 이리저리 흘러가고 있었다. 서서히 따스한 기운이 감돌더니 눈 주위가 다시 환하게 밝아 왔다….

눈을 살며시 떠보니 천리안 할머니가 코앞에서 생글생글 웃고 있었다. 할머니는 부드러운 목소리로 이야기를 시작했다.

"자네는 과거의 극히 일부만 둘러보았지만, 그것들을 토대로 잘못된 생각과 행동을 변화시킬 때까지 지속적으로 반성하고 용서를 구해야 하네. 앞으로 모든 상황을 마주할 때 진심 어린 마음으로 정성을 다해 노력해야 할 게야. 더불어 괴로운 상황이 다가올 때 마음속에 적어도 이 네 가지는 꼭 명심해야 하네. 첫째, 이것은 우연히 일어난 일이 아니다. 둘째, 나 혼자만 당하는 일이 아니다. 셋째, 그렇게 나쁜 일도 좋은 일도 아니다. 넷째, 이런 일이 언제나 벌어지는 것은 아니다. 이제 다시는 과거에 대한 죄책감과 회한으로 자신을 학대하거나 힘들어하는 일이 없도록 스스로 다짐하게. 만약 자네가 또다시 과거의 일을 후회하거나 자괴감을 느낀다면 그건 자네의 행동 때문이 아니라 정직하지 못한 자네의 마음 때문이라는 것을 생각해야 하네. 과거는 흐르는 강물에 종이배 띄우듯 흘려보내고 현재의 상황에 전력을 다해야 한다네. 그리고 자네가 서울대공원에 들어온 이유도 스스로 찾아야 하네. 포기하지 말고 이곳을 나가는 방법 또한 찾아내야 할 게야."

할머니를 통해 잠시나마 아픈 과거로의 여행을 하고 난 후 복잡한 마음이 조금은 정리되는 것 같았다. 굳은 심지와 긍정적인 생각으로 다가올 운명을 자신 있게 맞이해야 한다는 것을 반성하고 되돌아보는 시간이었다. 조금 전과는 확연히 다른 주황색 불빛이 야행관을 비추었고 실내는 곧 따뜻한 기운이 감돌았다. 천리안 할머니는 지치고 피곤한 목소리로 말했다.

"조금 늦었지만 자넨 모든 일을 스스로 해결해 나가려는 마음을 가졌어. 자네는 지금 있는 이곳뿐 아니라 앞으로 동물원 곳곳에서 많은 경험을 하고 배우게 될 것이네. 어떤 순간이 오더라도 지금처럼 겸허한 마음으로 생각하고 행동한다면 결코 이전의 자네처럼 주눅 들거나 괴로워하지 않을 게야. 자, 미안하지만 이제 자러 갈 시간이니 이만 헤어져야겠네. 그럼 잘 있게나."

나는 갑작스러운 작별 인사에 천리안 할머니를 급하게 불러 세웠다.

"할머니, 잠깐만요! 아니, 어디로 가야 하는지 알려 주지도 않고 가버리시면 어떡해요. 제발 힌트라도 주세요."

천리안 할머니는 눈을 동그랗게 뜨고 소리쳤다.

"아니, 이 녀석이 그렇게 말을 해줘도 구시렁거려! 이 할매가 한 얘기를 아직도 이해 못했는가? 마지막으로 이야기해 줄 테니 잘 들어 봐. 자네, 호주에 사는 원주민을 뭐라고 부르는지 아나?

"음… 잘 모르겠어요."

"'에보리진'이라고 부른다네. 지금부터 이 에보리진에 대한 에피소드를 알려 주겠네. 천칠백 년대 즈음 영국인들이 본격적으로 호주에 정착했다고 하네. 이들은 곡식과 가축을 대량으로 기르면서 열심히 살았지. 그런데 어떤 해에 가뭄과 기근으로 곡식과 가축이 대량으로 죽어 나가는 암울한 사건이 발생했어. 그들은 비가 내려야 모든 문제가 순조롭게 해결될 것이라 확신했지. 그런데 비를 내리게 할 방법이 없는 거야. 그러다가 한 소문을 들었다네. 이곳 원주민인 에보리진에게 부탁하면 비가 올 수 있게 해준다는 거야. 그들은 즉시 에보리진에게 찾아가 공손히 말했네. 그리고 비를 내리는 기도를 해달라고 간절히 부탁했지. 에보리진은 영국인들의 부탁을 받고 밤낮으로 정성을 다해 기도했네. 그리고 며칠 후 그렇게 기다리던 비가 정말로 내렸어. 영국인들은 놀라서 에보리진에게 물어보았지. 어떻게 그런 신비한 기도를 할 수 있느냐고, 그 비결이 뭐냐고 말이야. 에보리진은 간단히 대답했네. '비결 같은 건 없습니다. 단지 비가 내릴 때까지 기도하는 것뿐입니다. 기도를 해서 비가 내리는 게 아니라 비가 내릴 때까지 기도하는 겁니다.' 이들과 관련해서 한 가지만 더 이야기해 줄까? 자네, 호주의 대표 동물이 무엇인 줄 아는가?"

"이건 알아요! 캥거루잖아요."

할머니는 싱긋 웃으며 대답했다.

"맞아, 캥거루야. 영국인들은 처음 호주 대륙에 도착했을 때 캥거루를 보았다네. 영국인들은 캥거루를 난생 처음 보아서 매우 신기해했어. 그래서 에보리진에게 온갖 손짓 발짓을 해가며 저 동물의 이름이 무엇이냐고 물어봤지. 에보리진은 당당히 대답해 주었어. '캥거루'라고 말이야. 그런데 나중에 알고 보니 캥거루는 에보리진 말로 '나는 모른다'라는 뜻이었다네. 자, 내가 이제 무슨 말을 하려는 건지 알겠나? 우리 인생은 마치 폭풍우 속에 뒤엉켜 있는 파도와 같아. 자네의 앞날이 어떻게 변하게 될지는 누구도 예측할 수 없어. 하지만 어찌되었건 절망적인 상황은 없다는 걸 반드시 명심하게나. 단지 절망하는 사람만 있을 뿐이야. 그리고 이곳에 힌트 같은 건 없네. 자네의 신념을 믿고 그 흐름을 따라가 봐. 물 흐르듯이 말이야. 기필코 잊지 말아야 할 것은 자신감이라네. 그럼 나는 진짜 가보겠네."

할머니가 사라지자 야행관은 다시 조용해졌다. 줄줄이 늘어선 각각의 유리방에는 부엉이와 소쩍새 등 다양한 새들이 앉아 있었다. 그들은 고개를 좌우로 왔다 갔다 하며 잠이 덜 깬 얼굴로 무심히 나를 쳐다보았다. 올빼미들의 심드렁한 눈길을 뒤로 하고 나는 조용히 야행관을 빠져나왔다. 부엉이 다리 위에 올라서서 야행관을 돌아보며 처음 만났던 볼품없고 어눌한 너구리 알렉스를 떠올렸다. 그리고 그가 이야기한 것을 귀담아 듣고 실행한 것이 천만다행이라 생각했다. 나에게 처음으로 동물들과 연을 맺어 주었는데 인사도 제대로 못하고 헤어진 것이 못내 미안하고 아쉬웠다. 경박한 첫인상과는 다르게 세심히 이것저것 알려 준 알렉스에게 깊은 고마움을 느꼈다.

천리안 할머니와의 만남 후, 계속 이 길을 나아가기 위해서는 스스로 목표를 정하고 많은 부분 인내해야 한다는 것을 어럼풋이 느꼈다. 가슴속에는 변화하려는 새로운 의지가 조금씩 생겨나고 있었다. 내 인생을 가두어 놓은 두려움에서 시급히 빠져나와야 한다는 생각이 강하게 들었다. 나는 용기 있고 꾸준하게 내 운명을 헤쳐 나갈 것이다. 그리고 비록 내가 바라는 것에 다가갈 수 없거나 진실로 원하는 상황이 아니더라도 결코 실망하거나 무기력하게 행동하지 않을 것이다. 불가능의 가장 큰 원인은 그 누구도 아닌 바로 나 자신이었기 때문이다.

· · ·

다리 위를 지나 관목수풀지대를 헤집고 나오니 사슴길이 시원하게 트여 있었다. 환하게 동이 터오는 아침이었고 어젯밤 내린 서리로 도로 위 아스팔트는 투명한 수정 가루를 뿌려 놓은 듯 눈부시게 빛났다.

"이제 어디로 가야 하나…."

터벅터벅 도로 위를 걷고 있을 무렵 사슴길 아래에서 공원 트럭이 요란한 소리를 내며 달려왔다. 가까이에서 보니 알레한드로 아저씨가 운전석에 앉아 있었다.

"올빼미 할멈은 잘 만났나? 어째 표정을 보아하니 운 것 같기도 하고 욕먹어서 주눅이 든 거 같기도 한데. 어찌 되었건 영 개운치 않은 표정이야. 하긴 뭐가 되었건 자신의 치부를 보여 주고 손질해 가며 사는 것이 인생이라네. 그래도 자네의 힘들고 두려웠던 과거를 솔직히 드러내 놓고 보니 조금은 후련하지 않나?"

나는 창피한 마음이 들었지만 고개를 끄덕였다. 그리고 아저씨에게 고맙다는 인사를 했다. 아저씨는 트럭 조수석에 나를 태우고 안심이 된다는 표정으로 말했다.

"이제 됐네. 자네는 진정 여행을 떠날 준비가 되었어. 자네의 생각을 시간과 연결시키면 목표가 되는 것이고 그 목표를 잘게 쪼개서 분리하면 과정이 만들어지는 것이지. 그리고 그 과정을 실행에 옮기면 자네의 생각은 상상이 아닌 현실이 되는 것이네. 지금부터 자네를 힘들게 했던 모진 운명과 어려움을 알아보고 그 해결 방안을 찾아보자고. 자네만의, 자네에 의한, 자네를 위한 방법을 말이네. 준비됐나?"

"네!"

"잘했어, 친구! 이렇게 빨리 대답하는 걸 보니 이젠 뭔가를 이해했나 보군. 허허허."

알레한드로 아저씨는 들뜬 얼굴로 말을 이어 갔다.

"본론으로 들어가기 전에 내가 프랑스 육군 지휘관에 대한 이야기 하나 해줄까?"

"네."

"프랑스의 한 유명한 장군이 정원사에게 어떤 나무 한 그루를 심으라는 명령을 내렸네. 그러자 정원사는 불만 가득한 표정으로 이렇게 말했어. '장군님, 그 나무는 성장이 느리기 때문에 다 자라서 꽃이 피고 열매를 맺으려면 최소한 백이십 년은 걸립니다.' 그러자 장군은 이렇게 말했다네. '그렇다면 더욱 지체할 시간이 없네. 지금 당장 심도록 하게.' 우리가 뭔가를 호기롭게 행동하려고 할 때는 때때로 그 값을 치러야 하네. 이는 게으름을 떨면서 아무것도 안 하는 시간의 위험과 비교하면 견줄 바가 못 되지. 우리나라 속담에 이런 말도 있지 않은가. '호미로 막을 것을 가래로 막는다.' 이처럼 자네도 어떤 위험과 두려움이 닥쳐오더라도 반드시 이 말을 명심하길 바라네…"

아저씨는 트럭을 천천히 운전하며 주위를 둘러보았고, 나는 조수석에 앉아 앞발을 얹어 놓았다. 엉덩이를 차 시트에 붙인 채 전방 시야가 안 보이는 상태에서 거꾸로 흐르는 경치를 감상했다. 멀미가 났지만 반대로 흐르는 묘한 풍경의 매력에 빠져 속이 메스꺼움에도 경치를 한참이나 바라보았다. 옆으로 스치는 벚나무와 참나무 가지들이 다가올 봄을 위해 미약하게나마 향기를 내뿜었다. 트럭은 덜컹거리며 제 갈 길을 향해 부지런히 달리고 있었다. 아저씨는 '큰물새장'이라고 쓰여 있는 장소 앞에 정차했다. 우리는 펠리컨이 보이는 벤치에 앉았고, 아저씨는 직접 만들어 온 에스프레소를 작은 컵에 따라 주었다. 내가 커피를 홀짝이자 아저씨는 못 다한 이야기를 나누었다.

"자네, 이곳에 처음 들어왔을 때 내가 한 말 기억하나? 자신의 과거를 반성하지 못하면 현실을 헤쳐 나가는 데 올바른 결정을 할 수 없다는 것 말이야. 우리 주변에는 자신이 결단력 없고 우유부단한 사람이라며 괴로워하는 사람이 많다네. 그런 사람들 역시 과거를 제대로 매듭짓지 않고 가기 때문이지. 이젠 우유부단함을 버리고 새로운 것들을 경험하고 배우면서 앞으로 나아가야 하네. 그중에 가장 필요한 것이 천리안 할멈이 이야기한 자신감이라네. 정말 이상하게도 자신감이 없는 사람은 자신감 없는 일을 하는 것이 아니라 자신감을 잃어버리는 일을 하지. 없는 것과 잃는 것에는 실로 대단한 차이가 있다네. 그 둘의 공통점은 슬프다는 것이지만, 잃는 것은 없는 것과 달리 마치 낙숫물에 바위 구멍 뚫리듯 서서히 일어난다네. 튼튼했던 마음을 서서히 자괴감으로 물들인다는 뜻이지. 누구는 처음부터 자신감 없이 살아왔겠는가? 그것은 삶이라는 거대한 장벽 앞에 무릎 꿇었기 때문에 생겨난 것이야.

우리는 지금부터 불굴의 자신감을 찾는 방법을 연구하고 경험할 게야. 그것을 사용할 순간이 오면 주저 없이 사용하길 바라네. 자네도 느꼈겠지만 세상에는 즐거운 일보다 힘든 일이 더 많은 것 같아. 그럴 때일수록 자신을 돌아보고 올바른 판단을 내려야 하지 않겠나? '자신감은 장애물에 부딪칠수록 더 잘 자란다'는 말도 있잖나. 자네가 할 수 있는 한 힘과 용기를 내보게. 진실한 마음을 있는 그대로 마주할 줄 알아야 자신이 가치 있고 존귀한 존재라는 걸 알게 된다네. 그것을 다른 말로는 '자존감'이라고 하지…."

　나는 생각을 정리할 겸 아저씨에게 양해를 구하고 잠시 자신감에 대해 생각해 보았다. 그리고 지금껏 쓸모없는 것들에 고집을 부리면서 그것을 자신감으로 착각했던 내가 창피하게 느껴졌다. 진정한 자신감이란 무엇인지 더 알고 싶어졌다. 아저씨는 내 생각을 읽었다는 듯 미소 지으며 말했다.

　"지금껏 자네는 잘된 일에는 자신을 자랑했지만 나쁜 일에는 다른 사람의 핑계를 대지 않았나? 불행한 삶을 다른 사람에게 뒤집어씌울 때 그건 더 이상 자신의 삶이 아니라네. 누굴 탓하겠는가? 다른 사람이나 환경을 탓해서는 도움 될 게 하나도 없어. 부모를 탓하겠는가? 친구를 탓하겠는가? 아니면 주식이나 부동산 가격이 떨어진 것을 탓하겠는가? 하다못해 대통령을 탓하겠는가? 어떻게 인생을 살면서 매사에 탓할 대상을 찾으며 살겠는가. 그래 봐야 돌아오는 건 후회라는 공허한 메아리밖에 없다네. 내가 좋아하는 단어가 있는데 바로 '선택'이네. 우리는 선택의 한복판에 놓여 있지. 이미 지나간 선택을 후회할 수도 있고, 앞으로 다가올 선택에 대해 두려운 마음을 갖고 있을 수도 있지. 어쨌거나 이 선택이라는 것은 피할 수 없는 숙명이야. 해가 뜨면 곁에 따라붙는 그림자처럼 우리가 눈을 뜨고 있는 이상 항상 따라다니지.

　현명한 선택을 하기 위해서는 자신감을 가져야 하네. 과거에 연연하지 말고 두려움을 용기로 바꾸는 연습을 해봐. 물론 피나는 노력과 신속한 행동이 필요할 거야. 다시 말하지만 어떤 일이든 이 세상에 공짜는 없다는 걸 알아야 해. 불행하게도 많은 사람이 이 사실을 모르거나 안다고 해도 잘 적용하려 들지 않아. 그러고는 오히려 더 설명해 달라고 우문을 던진다네. 수많은 사람이 이런 우문에 답하려고 애썼지만 내가 보기엔 우문현답이 아니라 그냥 단순한 문답이었어. 정직하게 그리고 즉각적으로 행동하는 것이 전부네. 옛 속담에 '길을 아는 것과 그 길을 걷는 것은 다르다'라는 말도 있지 않은가. 지금부터 자네에게는 행동하고 실천하겠다는 마음가짐이 필요하네. 일단 행동을 해봐야 틀리고 맞고를 확정할 수 있으니까. 그래야 수정을 하든, 그대로 밀고 나가든 할 것 아니겠나. 부탁하는데 이제는 넋 놓고 먼 산만 바라보는 격의 사람은 되지 말게."

아저씨와 나는 굽이치는 돌고래길을 크게 돌아 황새마을에 들러 새들에게 미꾸라지를 점심으로 나누어 주었다. 그러고는 다시 트럭을 타고 제삼아프리카관을 향해 달렸다. 하늘에는 잿빛 구름이 넓게 드리워졌고 음산한 늦겨울의 안개가 자욱이 깔려 있었다. 아저씨는 나를 백주년기념광장 모퉁이에 내려놓고 잠시 코끼리 방사장에 볼 일이 있다며 시동을 걸었다. 그 사이 심심해진 나는 주위를 둘러보다 공원 옆 낙타 방사장으로 발걸음을 옮겼다.

4

굵은 통나무로 경계가 드리워진 방사장 안에는 혹이 한 개 달린 단봉낙타와 혹이 두 개 달린 쌍봉낙타가 낮은 울타리를 사이에 두고 붙어 있었다. 낙타들은 풀과 볏짚을 씹으며 여유롭게 대화하고 있었다. 단봉낙타가 쌍봉낙타에게 말하는 소리가 들렸다.

"자네, 우리 동물원에 얼룩덜룩한 진돗개 한 마리 들어온 거 알고 있나? 알레한드로 아저씨가 그러는데 그 녀석 보통이 아니라던데."

쌍봉낙타가 기다란 볏짚을 토해 내고 다시 씹으며 말했다.

"그려? 진돗개가 그냥 진돗개지. 뭐가 워뗘서 그러는 거여?"

단봉낙타가 질문을 기다렸다는 듯 얼른 대답했다.

"아니, 있잖아. 그 개가 글쎄 지난번 녀석처럼 정신이 나가서 이상한 소리를 하거나 욕지거리를 하고 다닐 수도 있다는 거야.

그래서 그 개가 가까이 오면 절대 대꾸하지 말고 아예 응대 자체를 하지 말라는 아저씨의 부탁이 있었어…."

이 말을 들은 쌍봉낙타는 나직한 목소리로 말했다.

"일전에도 봤잖여, 이 사람아. 정신이 나가가지고서는 멍허니 공원을 서성이더만 나중엔 미친개처럼 울고불고 허다 대공원 사람들에게 붙들려서 어디론가 실려 갔잖여. 그 개는 지금쯤 워디에 있을랑가. 잘 있을런가 몰러, 잉?"

단봉낙타는 고개를 끄덕이며 말했다.

"그렇지…?"

"그려. 이봐, 쓸데없는 일에 시간 낭비허지 말고 우리 살길이나 잘 신경 쓰자고. 개들이나 다른 녀석들에게 우리가 암만 정성 들여 알려 줘도 지들이 소유한 자유가 을매나 소중한지 전혀 모르잖어. 삶에 대한 간절함이 없는 그런 동물들과는 아무런 얘기도 하지 말자고."

낙타들의 대화를 듣고 있던 나는 그곳을 그냥 지나칠 수 없었다. 나 말고 이곳 동물원에 다른 사람이 개 또는 다른 동물로 변신해 다녀갔다는 것이 사실인지 궁금했고 어떻게 왜 사라졌는지도 묻고 싶었다. 나는 도로 옆에 쌓여 있는 자재더미를 지나 소나무 울타리 아래를 비집고 들어가 낙타들에게 천천히 다가섰다. 낙타 방사장 안에 들어가 보니 밖에서 보는 것과는 달리 공간이 매우 좁았다. 그에 비해 낙타들은 너무 거대했다. 나는 그들의 커다란 몸집에 기가 죽어 작고 힘없는 목소리로 말했다.

"이봐요. 저, 저기요…."

낙타들은 내 말이 들리지 않았는지 사료 통에 있는 풀만 연신 씹어 댔다. 이번에는 용기를 내서 큰 소리로 말했다.

"이것 봐요! 주위에 누가 물어보면 대답을 해야 하는 거 아닙니까? 동물들이 이렇게 예의가 없어서야…."

그제야 두 낙타는 서로 머리를 기대고 눈을 깜박이며 나를 바라보았다. 쌍봉낙타가 먼저 머리를 떼며 큰 소리로 대답했다.

"워매, 그놈 기차 화통을 삶아 먹었는가? 귀청 안 떨어졌으니께 살살 말혀라잉? 그리고 니가 이 동물원 주인이여? 이 동물원이 다 니꺼여? 니까짓게 뭔데 예의니 지랄이니 찾고 그러는 거여? 쬐끄만 개 같으니라구…."

쌍봉낙타는 내가 건방지고 시끄럽다며 이야기하기 싫다는 표정으로 매몰차게 말했다. 게다가 화가 많이 났는지 입에 하얀 거품을 잔뜩 물고 당장에라도 달려들 모양으로 서 있었다. 그때 단봉낙타가 재빨리 쌍봉낙타를 온몸으로 제지하며 미안하다는 얼굴로 내게 말했다.

"네가 이곳에 새로 들어온 그 진돗개니?"

나는 약간 떨떠름한 표정으로 나에 대해 소개했고, 조금 전 지나가다가 우연히 대화를 듣게 되어 실례를 무릅쓰고 이곳에 들어왔다고 얌전히 대답했다. 그러자 단봉낙타는 당황스럽고 멋쩍은 표정으로 말했다.

"아, 그랬구나. 그러니까, 음… 우선 나는… 내 이름은 팀북투라고 해. 그리고 여기 이 친구는 호세이니야. 나는 아프리카 수단에서 왔고, 이 친구는 중동 아프카니스탄이 고향이야. 우리가 너에게 관심을 보이지 않았던 이유는 알레한드로 아저씨의 말 때문이기도 하지만, 사실은 우리가 경험한 안타까운 사연 때문이기도 해. 그러니까 우리에게 너무 서운해하지는 않았으면 좋겠어. 그리고 부탁인데 지나친 관심은 꺼줬으면 해…"

나는 알레한드로 아저씨가 한 말을 그다지 신경 쓰지 않는다고 이야기했다. 다만 이곳에 머물다 붙잡혀 간 또 다른 개가 어떻게 되었는지 알려 달라고 부탁했다. 팀북투는 주위를 둘러보더니 마지못해 말을 더듬거리며 당시 상황을 천천히 설명해 주었다.

"작년 초겨울이었어. 그때도 이곳에 진돗개가 왔었는데 그 친구는 자네처럼 얼룩덜룩한 색이 아니라 하얀 백구였지. 그 친구는 이곳 낙타 방사장 앞에 와서 나에게 다짜고짜 질문을 해 댔어. 여기가 뭐하는 곳이냐고 물어보더니 자기가 이곳에 왜 왔냐는 둥 어떻게 하면 이곳을 빠져나갈 수 있냐는 둥 정신없이 묻기만 하더라고. 그러다가 내가 몇 마디 하자 갑자기 어디론가 사라졌어. 그 친구는 서너 시간쯤 지나서 돌아왔는데 뭔가 마음이 상했는지 미친 듯이 울고불고 세상을 원망하는 거야. 그리고 정신이 나가서 길 가는 사람들과 동물들에게 위협적인 행동을 했어. 결국엔 신고를 받고 출동한 사육사들이 그를 붙잡아 유기견 보호소에 보내 버렸지. 알레한드로 아저씨가 말씀해 주셨는데 그 후로 그 친구의 소식을 들은 사람은 아무도 없대…."

팀북투는 천천히 그리고 논리적으로 말했다. 그러나 나는 궁금증이 발동해서 더 이상 참지 못하고 다급히 일어나 질문했다.

"그래서 어떻게 되었는데요? 그 개가 뭐라고 이야기했는데 상황이 그렇게 힘들게 변했나요? 그럼 그 개는 죽었나요? 네…?"

팀북투는 나에게 시선을 맞추고 낙타 특유의 고갯짓을 하더니 이번에는 조금 빨리 말을 이어 갔다.

"내가 그렇게 기분 나쁘거나 이상한 말을 한 건 아니야. 오히려 그 개가 나에게 막말을 하고 신세한탄을 했지. 그는 새 삶을 찾아 고민하고 최선의 선택을 하기 위해 나름대로 노력했다고 말했는데, 자신에게 남겨진 것은 개가 되어 버린 상황과 아득한 미래에 대한 망상뿐이라고 주저리주저리 이야기하는 거야. 그래서 내가 한마디 했지. 아무리 상황이 절망스럽고 힘들더라도 현재 가지고 있는 것을 생각해 보고 감사하는 마음을 품으라고 말이야. 아직 이곳 서울대공원에서 만큼은 자유롭게 생각하고 활동할 수 있으니 얼마나 다행이냐고. 그런데 내 말을 듣더니 다짜고짜 화를 내더라고. 그리고 얼마 후 혼자 미쳐 날뛰더니 결국에는 비참한 화를 당했지 뭐야. 결단코 내가 한 말 때문에 그렇게 된 건 아니야. 그는 과거로부터 자기를 속박하는 마음을 풀어내지 못한 거야. 게다가 알레한드로 아저씨가 반드시 제삼아프리카관 근처를 벗어나지 말라고 당부했는데 그새를 못 참고 자신의 처지를 비관하며 날뛰다가 잡혀 간 거였어. 나도 잡혀 가는 광경을 지켜봤는데 참 허무하더라고. 그는 그렇게 쓸쓸하고 비참히 사라진 거야…"

팀북투의 이야기를 듣고 상실감이 느껴졌지만 한편으로는 그 개의 마음도 이해할 수 있었다. 그리고 마음 한구석에는 알레한드로 아저씨에 대한 왠지 모를 서운함이 느껴졌다. 아저씨는 나에게 이 근처 어디에서든 기다리라는 말조차 하지 않았기 때문이다. 하지만 지금은 그런 서운한 마음을 품을 때가 아니었다. 나는 그 이야기의 결말을 더 자세히 알고 싶었다. 그래서 그 개가 무슨 말을 어떻게 했는지 그리고 최후에는 어떻게 됐는지 하나하나 이야기해 달라고 다그치듯 물어보았다. 그는 되새김질하는 동작을 멈추고 호세이니를 힐끗 쳐다보더니 다시 이야기를 시작했다.

"더 자세히 이야기하자면, 그 친구는 자신의 미래와 당면한 현실을 나뿐 아니라 다른 동물들에게도 부정적으로 말하고 다녔어. 이곳은 스스로 힘든 상황을 헤쳐 나가야 하는 곳임에도, 그 친구는 슬프고 괴롭고 두려운 상황을 여과 없이 떠들고 다녔던 거야. 그는 때로는 교만하게 즐거운 척하다가 때로는 슬프게 자신을 포장해서 동정심을 구걸하고 다녔어. 한마디로 갈피를 못 잡고 조울증에 시달리고 있었던 거야. 나는 그 친구를 도와주고 싶었어. 그래서 이런 이야기를 해주었지. 네가 나보다는 훨씬 좋은 상황이라고 말이야. 사실이 그렇잖아. 그 친구는 나보다 자유로웠고 기회가 온다면 그 기회를 잡을 확률이 훨씬 높았어. 그런데 그 친구는 자신의 잘나갔던 과거를 잊지 못하고 그냥 예전의 자기 방식대로 행동했어. 우린 기껏해야 사방 삼십 미터 내외에서 평생을 살아야 하는데, 그 친구는 적어도 서울대공원에서 쇠창살에 갇힌 동물들보다 훨씬 자유로웠잖아. 이곳 서울대공원이 얼마나 넓은 줄 아니? 자그마치 이백팔십만 평이야. 그러면 내가 있는 곳보다 약 일만 배는 더 넓은거야. 그런데 그는 서울대공원에서 놀라운 경험과 지식을 배워 새로운 세상으로 나아갈 수 있었음에도 결국 그렇게 하지 못했어. 아니, 안 했다고 하는 게 맞겠지.

그는 괴로운 기억들이 떠올랐는지 갑자기 얼굴색이 돌변하더군. 자신이 나보다 우월하다고 느꼈는지 아니면 내가 도움 될게 없다고 생각했는지 날 무시하고 놀려 대기 시작했어. 평생 철창에 갇혀서 한심한 삶을 마치라고 말이야. 그 말을 듣는 순간 당황스럽고 화가 났어. 올바른 길을 가고 상대방과의 신뢰를 지키라고 조언했을 뿐인데 갑자기 모욕적인 말을 들으니 서글퍼지더라고. 그는 겸손하지 못했고 더군다나 솔직하지 못했어. 그리고 나와 헤어진 몇 시간 사이 동양관에 들렀다는 걸 말하지 않았어. 더 웃기는 건 스스로 의기양양해져서 알레한드로 아저씨가 채워 준 마법 목걸이도 벗어 던지고 난동을 부렸다는 거야. 그러다 사육사들에게 붙잡혀 유기견 보호센터로 끌려가게 된 거지. 알레한드로 아저씨도 때마침 다른 일을 보고 계셔서 어떻게 조치를 취할 수 없었어. 결국 그 친구는 마취 총을 맞고 케이지 바닥에 질질 끌려 호송차에 실려 갔어. 수의사들 말에 의하면 유기견 보호센터에 있는 한 달 동안 주인이나 협회의 조력자가 나타나지 않으면 안락사를 당한다고 하더라고…"

나는 팀북투의 말을 듣고 죽음을 맞이했을지도 모를 그를 위해 잠시 기도했다. 조심성 많은 팀북투는 그런 나를 묵묵히 기다려 준 뒤 다시 이야기를 시작했다.

"혹시 그 친구가 그렇게 사라졌다고 해서 서울대공원을 무섭게 생각하지는 마. 본인 스스로 솔직함을 인정하고 행동할 수 있다면 이곳은 더 많은 용기와 기회의 문을 열어 줄 거야. 서울대공원은 현실이 나쁘지 않다는 것을 보여 주는 유일한 곳이기도 해. 네가 정직하다면, 선택과 고민으로 괴로워했던 나날들 그리고 과거에 누린 거짓된 영광들을 송두리째 날려 버릴 수 있을 거야. 그리고 새로운 희망을 품을 수도 있지. 그런 의지를 갖추려면 겸손하되 네가 진심으로 원하는 삶의 모습을 이곳에서 보여 주어야 해. 너는 앞으로 너만의 길을 찾아 성실히 여행을 떠나야 할 거야. 부디 새로운 인연 잘 만들어 가길 바랄게…"

팀북투는 이 말을 끝으로 호세이니와 함께 볏짚 사이로 사이좋게 걸어갔다. 나는 그들의 뒷모습을 물끄러미 바라보며 지금껏 내가 살면서 후회했던 것들을 잠잠히 되돌아보았다.

5

이곳에서 지낸 시간이 그리 길지는 않았지만 동물들과 대화하면서 나 자신이 너무나 창피하고 부끄러웠다. 서울대공원에 들어오기 전 나의 모습은 과연 인간처럼 살고 있는 개였는지, 아니면 인간답게 살아가고 있는 사람이었는지 혼란스러웠다. 차라리 개가 된 이 현실이 지난날의 인생보다 좀더 낫다는 생각도 들었다. 보잘것없던 과거와 비루한 현실을 생각해 보니 앞으로 나아가야 할 길 역시 쉽지 않을 것 같아 두렵고 서글펐다.

'이젠 또 어디로 가야 하지?'

나는 복잡한 심정으로 사슴길 옆 동물원 안내도를 살펴보았다. 그러다가 조금 전 팀북투가 동양관을 언급한 것이 떠올랐다. 안내도를 다시 살펴보니 내가 서 있는 곳에서 그리 멀지 않왔다. 여기에서 북동쪽으로 조금만 움직이면 되었다.

주위는 벌써 어둠이 내려앉았고, 울타리 너머 청계산 능선에는 늦겨울이었지만 등산객들의 행렬이 줄을 잇고 있었다. 길을 따라가며 적막감에 싸여 있는 공원을 둘러보니 이젠 동물원이 낯설지 않고 포근하기까지 했다. 앞으로 얼마나 많은 모험을 하게 될지 두렵고 걱정스러웠지만 다른 한편으로는 약간의 흥분과 희망도 느껴졌다. 낙타 방사장을 떠나 북쪽으로 조금 올라가니 몽고 야생마 방사장이 나왔다. 동양관에 가던 길이라 그냥 지나치려 했는데 이번에는 말 한 마리가 내게 다가왔다. 진한 베이지색 몸통에 갈색 갈퀴를 유유히 휘날리는 몽고말이 친근하게 인사를 건넸다.

"안녕, 멍멍아! 네가 알레한드로 아저씨가 말한 그 진돗개구나. 그래, 이곳에 와보니 기분이 어때? 여기에 온 지 얼마 안 되었으니 아직은 어리둥절하겠다. 그런데 뭐든지 처음에는 다 그렇잖아. 천천히 이곳 대공원 식구들과 이야기해 보고 가끔은 같이 생활하며 지내는 것도 나쁘진 않을 거야. 이곳도 생명이 사는 곳인데 네가 살던 곳과 별반 다르겠어? 그러고 보면 사는 건 그리 다르지 않아. 다르게 느낄 뿐이지…."

몽고말이 묻지도 않은 말을 계속 해대는 바람에 나는 말문이 막혔다. 대꾸할 말도 없었지만 몸도 피곤하고 목적지가 정해져 있는 마당에 굳이 시간을 낭비하고 싶지 않았다. 그냥 무시하고 지나가려는데 몽고말이 다시 말을 걸었다.

"내 이름은 사하라야. 사람들이 내 이름 뜻을 잘 모르는 것 같은데 원래는 '사막'이라는 뜻이지. 그래서 '사하라사막'이라고 읽으면 발음이 이상해져. '사막사막'이라고 하는 꼴이 되니까. 내 고향은 사실 내 이름과는 달리 몽골이야. 안내판에서 써 있는 거 보이지? 그곳의 수도 울란바토르에서 남쪽으로 오백 킬로미터 정도 내려가면 고비라는 모래평원이 있는데, 정말 끝도 없이 넓은 사막이지. 이맘때면 그곳 날씨는 아마 영하 삼십 도는 될 거야. 굉장히 추운 날에는 영하 사십 도까지 떨어질 때도 있어. 어쨌거나 이렇게 다른 말들 외에 누군가와 대화를 한다는 게 너무 반갑고 신난다."

나는 몽고말이 말하는 동안 입도 벙긋하지 못했는데 나와 대화를 했다는 말에 다시 한 번 말문이 막혔다. 그래서 피곤하고 짜증나는 표정을 지으며 말했다.

"이것 봐요. 내가 좀 피곤하고 시간이 없어 그러는데, 내게 뭔가 중요한 말이라도 해주려고 이러는 겁니까? 아니면 대화 상대가 필요해서 그러는 거예요?"

사하라는 자신이 말하는 도중에 내가 말을 끊어서인지, 아니면 자신의 말에 내가 말꼬리를 잡아서인지 당황스럽고 불쾌하다는 기색으로 퉁명스럽게 대답했다.

"이봐! 알레한드로 아저씨는 네가 이곳을 지나갈 때 여러 가지 조언을 해주고 네가 궁금해하는 게 있으면 성실히 답변해주라고 간곡히 부탁하셨어. 그런데 너는 어떠한 궁금증도 없나

봐? 알레한드로 아저씨는 왜 너같이 불성실한 개에게 정성껏 대해 주라고 말씀하셨는지 몰라."

나는 무표정한 얼굴로 사하라에게 옆 방사장에 있는 낙타들과의 경험을 말해 주었다. 내가 무관심한 태도를 보인 것은 알레한드로 아저씨가 낙타들에게 나와 상대하지 말라고 한 것처럼 다른 동물들에게도 똑같이 지시한 것인 줄 알고 그렇게 행동했다고 말했다. 그리고 이곳에 오게 된 사연을 간단히 설명해 주었다. 어떻게든 뭔가를 배우고 경험해서 한시라도 빨리 이곳을 빠져나가고 싶다고 말했다. 나를 유심히 지켜보던 사하라는 한심하다는 표정을 지으며 이야기를 꺼내 놓았다.

"아저씨가 했던 말들을 기억이나 하는 거야? 왜 그분을 미리 판단하고 의심하고 신뢰를 저버리는 거야? 아저씨는 나에게 미리 부탁하셨어. 얼마 후 네가 이곳을 지나갈 테니 아저씨가 지난번 너 때문에 설명하지 못한 자존감에 대해 꼭 대신 이야기해 주라고 말이야. 그것도 아주 자세히 말이야. 그리고 왜 아저씨가 낙타에게 한 말을 내게 똑같이 했을 거라고 생각하는데? 아직까지도 의심스러운 부분이 남아 있는 거야?"

나는 사하라의 이야기를 들으며 마음이 찔렸다. 알레한드로 아저씨가 했던 말들이 생각났기 때문이다. 아저씨는 모든 일을 소홀히 대하지 말고 기회가 왔을 때는 신속히 응답하라고 했다. 덧붙여 신뢰라는 말도 했는데 나는 그 말을 지키지 못한 것이다. 아저씨는 생면부지의 나를 서울대공원에 들어오게 해주고 처음으로 친구라 불러 준 사람이었다. 그런데 나는 분수도 모르고 내 멋대로 상황들을 응대해 버린 것이다. 나는 아저씨와의 우정을 의심하고 무시했다는 것에 얼굴이 화끈거렸다. 사하라는 당황한 내 모습을 보더니 안타깝다는 표정으로 말했다.

"아저씨는 네가 이런 식으로 나올 것을 예상하시고 다음과 같은 이야기를 전해 주라고 하신 것 같아. 혹시 파블로프의 조건반사에 대해서 들어 본 적 있어? 이것도 말에 관한 이야기지만 한번 해볼게…. 벨이 울리면 바닥 금속판에 설치된 전기 장치를 작동시켜서 말 발바닥에 충격을 가하는 실험이었어. 그럴 때마다 말은 깜짝 놀라서 발을 바닥에서 떼지. 이른바 말의 발과 전기의 상호작용을 만드는 것인데, 이것이 조건반사의 시초가 되었다고 해. 다음번에는 전기 회로를 제거하고 말에게 벨소리만 들려주었는데 전기 충격이 없음에도 바닥에서 발을 떼는 행동을 했다는 거야. 이때 말은 발을 떼는 게 당연한 일이라 생각하고 계속 그렇게 행동한 거지. 이후에 파블로프는 자네 같은 개로도 실험을 했어. 이 실험은 많이 들어 봐서 알 거야. 개에게 종소리를 들려주고 먹이를 주면, 다음에 종소리만 들려주어도 식사 시간이라고 인지하고 침을 질질 흘렸다는 거. 파블로프는 이 실험으로 노벨 생리학상을 받기도 했어.

내가 이 실험 이야기를 하면서 너에게 전하고 싶은 메시지는 이거야. 예전에는 당연하고 적절했던 일상의 문제들이 현실과 더 이상 관계가 없어도 아무 생각 없이 옛날 일에 집착한다는 거야. 동물이든 사람이든 말이야. 바닥에서 발을 떼는 행위가 과거에는 올바른 행동이었지만 지금은 그렇지 않음에도 여전히 발을 떼야 한다는 생각에 갇히고 말아. 아무런 의심이나 자각 없이 말이야. 네가 과거에 한 행동이 당시엔 옳은 행동이라고 생각했겠지만 멍멍이가 된 지금은 올바른 행동이 아니라는 거지. 지금이라도 늦지 않았어. 너는 우선 자존감을 가져야 해. 자존감이란 말 그대로 자신을 존중하고 위하는 마음이야. 자존감은 자신이 스스로 가치 있는 존재임을 확신하고 인생의 거친 풍랑을 헤쳐 나갈 수 있게 해줘. 지금은 절실하게 자존감을 고민해야 할 때라는 것을 명심해야 해. 네가 이곳을 떠나 어디로 가든 고민이 끝났으면 머뭇거리지 말고 즉시 행동하길 바라. 부디 너의 앞길에 행운이 함께하기를 기도할게."

사하라는 이야기를 마치고 돌아서서 긴 꼬리를 흔들며 자신의 무리 속으로 사라져 갔다. 사하라의 뒷모습은 마치 양복을 잘 차려 입은 멋쟁이 신사 같았다. 낙타들과 몽고말은 나를 생각해서 조언과 경험을 나누어 준 것이었다. 그들의 따뜻한 인정과 배려가 진심으로 느껴졌고 자존감이라는 것에 대해 또다른 시각으로 바라볼 수 있었다. 나는 사하라의 뒷모습을 보며 미진했던 마음을 다시 똑바로 세우리라 다짐했다. 내가 걷는 길이 아무리 힘들어도 지난날의 과오를 반성하며 처한 모든 상황을 솔직한 마음으로 대면할 것이다….

제2부

6

날씨는 제법 쌀쌀해졌고 온몸을 둘러싼 털이 무색하게 차
가운 바람이 곳곳에 스몄다. 나는 사시나무 떨듯 몸을 떨며 빠
른 걸음으로 동양관 앞에 다가섰다. 정문에는 악어와 거북이
조형물이 사이좋게 마주보고 있었고 입구에 들어서자 따뜻한
바람이 얼굴을 감쌌다. 동양관은 수많은 아열대 동물이 살고
있는 곳이었다.

건물 안으로 삼십 미터 정도 들어가자 사각 철장이 높게 드
리워져 있었다. 그 안에는 토쿠 원숭이 십여 마리가 서로 이와
벼룩을 잡아 주고 있었다. 흡사 텔레비전에서 본 풍경과 다를
바 없었다. 새끼를 안고 젖을 먹이는 어미 원숭이도 여유롭게
움직이고 있었다. 그들은 시종일관 편안하고 정겨운 모습이었
다. 나는 어미 원숭이를 잠시 바라보다가 점점 눈이 감기는 것
을 느꼈다. 추운 날씨에 하루 종일 밖을 쏘다니다 보니 따뜻한

실내 온기가 온몸을 녹이는 듯했다. 순식간에 졸음이 몰려왔고 눈꺼풀이 내려오는 걸 도저히 참을 수 없었다. 그렇게 스르르 정신을 잃고 잠이 들어 버렸다. 나는 젊은 시절의 꿈속으로 또다시 빠져들고 있었다.

아내가 아기를 안고 있다. 아주 어여쁘고 해맑은 아기를. 그 옆에 아기의 입에 손가락을 대고 있는 내 모습이 보인다. 어린 아들과 나는 서로 눈을 마주보고 비행기 놀이도 하며 공원을 자유롭게 뛰놀았다. 아이는 그 순간만큼은 부모의 사랑이 무엇인지 아는 것 같은 표정으로 즐겁게 웃고 있었다.

그러나 그것은 아들이 아주 어렸을 때뿐이었다. 시간이 갈수록 나는 삶이 바쁘고 힘들다는 핑계로 가족과 점점 멀어졌다. 아들과 일주일에 한 번도 대화하지 않을 때가 많았고, 아내와도 대화의 주제를 찾지 못해 겉돌기 일쑤였다. 나는 집에서 외계인이나 살아 있는 시체 정도로 취급받았고 아무런 존재감 없이 살고 있었다. 아이가 유치원부터 중학교를 졸업할 때까지 약 십 년이라는 기간 동안 우리는 아무런 대화가 없었다. 어떻게 그 긴 시간을 이토록 무의미하게 살아왔을까. 가슴을 치며 통탄하고 싶었지만 시간을 되돌릴 수는 없었다. 단지 그리워할 뿐….

꿈속의 시간은 빠르게 흘러 내가 아들을 때린 중학교 마지막 겨울방학으로 돌아갔다. 얼마 전까지만 해도 아들의 고등학교 입학을 준비해야 한다고 부산을 떨던 아내가 조바심 난 목소리로 전화를 걸어왔다. 아들이 집을 나간 지 며칠이 지났고 경찰서에 이미 가출신고를 한 상태라고 했다. 나는 그 말을 듣자마자 아내에게 애를 어떻게 키웠길래 그따위로 행 동을 하냐고 소리를 질렀다. 아내는 소리 지르는 내 목소리 에 힘을 잃고 부탁하듯 말했다. 일단 잘잘못은 나중에 따지 고 아들을 찾는 일에 집중하자고 말이다. 나도 아들을 찾는 것이 우선이라 생각하여 아들의 주변 사람들에게 열심히 수 소문해 보았다. 그렇게 바쁘게 아들을 찾던 중 어느 날 저녁 휴대폰으로 연락이 왔다. 경찰서였다. 아들이 다른 사람의 주 민등록증으로 편의점에서 담배를 구입하려다가 점원의 신고 로 경찰서에 잡혀 왔다는 것이다. 경찰서는 이를 심각한 범죄 행위로 보고 있었다. 담배를 구매한 것도 문제지만 타인의 주 민등록증을 도용한 것이 더 큰 문제였다. 천신만고 끝에 훈방 처리된 아들은 나와 함께 집으로 왔다.

가뜩이나 직장을 그만두고 새로 시작한 사업은 날이 갈 수록 운영하기가 힘들었다. 부단히 회복하려고 노력했지만 진전이 없었고 가외로 투자한 사업마저 사기를 맞고 부도 상 태로 전환되었다. 상황은 엎친 데 덮친 격으로 나쁜데 그토 록 믿었던 아들 녀석의 일탈마저 목격하게 되자 참을 수 없 이 괴롭고 미칠 지경이었다.

분위기가 냉랭한 거실 한가운데서 우리는 아무 말 없이 각자의 자리를 지키고 있었다. 아들은 소파 테이블 옆에 우두커니 서 있었고 나는 소파 중앙에 다리를 꼬고 앉아 있었다. 나는 떨고 있는 아들에게 질문하기 시작했다. 왜 그랬냐고, 부족한 것이 뭐냐고, 도대체 어떻게 해야 너의 방황이 멈출 수 있냐고… 현실도 버거운데 믿었던 아들마저 그런 상황에 놓이자 불안과 분노는 이루 말할 수 없이 커졌다.

화가 치밀어 오르고 이성이 통제 불능의 상태까지 이르렀다. 그런데 아들은 내 말을 듣는가 싶더니 살며시 미소를 지으며 고개를 반대 방향으로 돌렸다. 그 모습은 마치 내가 가증스럽다는 듯 비웃으며 무시하는 행동처럼 보였다. 나는 피가 머리끝까지 솟아올랐다. 도저히 참을 수 없는 지경에 이르렀고 그 후로는 나 자신이 아니었다. 나는 손이며 발이며 모든 움직일 수 있는 곳을 사용해 아들에게 폭력을 퍼부었다. 심장은 멈추라고 항변했지만 머리는 계속해서 멈추면 안 된다고 지시했다. 우당탕 소리가 삼 분 정도 난 후 아내가 방문을 급히 열며 거실로 뛰쳐나왔다. 쓰러져 흐느끼는 아이를 안고 나에게 대들며 소리쳤다. 아이가 무슨 큰 죄를 지었다고 이렇게 짐승처럼 대하느냐고. 당신도 나중에 이렇게 개돼지처럼 취급당해 보라고 크게 소리쳤다. 나 역시 아내에게 소리를 질렀다. 행여나 개가 되어도 저따위 행동은 하지 않을 것이라고 하면서….

나는 들끓는 화를 참지 못하고 현관문을 박차고 나왔다.

엘리베이터를 탄 뒤 아무 죄 없는 일층 버튼을 때리듯 반복해서 눌렀다. 아파트 정문을 나오자마자 담배 한 대를 입에 물고 불을 붙였다. 있는 힘껏 담배를 빨아 재꼈다. 어찌나 세게 피워 댔는지 담뱃재가 만들어질 틈도 없이 담배 불기둥이 새끼손가락 두 마디만큼 빨갛게 달아올랐다. 담배를 쥐고 있는 손가락 사이로 열기가 느껴졌지만 다시 한 개비를 입에 물고 달궈진 불씨에 불을 붙였다.

담배를 절반쯤 피웠을 때 아파트 상가 편의점 앞에 도착했다. 저녁 시간인데도 편의점 안에는 손님들이 꽤 있었다. 나는 소주와 막걸리를 한 병씩 사서 점포 앞 파라솔 의자에 자리를 펴고 앉았다. 야외 편의점 의자에 앉는 것은 실로 오랜만이었다. 막걸리와 소주를 섞어 마셨지만 막걸리가 반 이상 남았다. 소주 한 병을 더 사와 종이컵에 나름의 비율로 제조하여 담배를 안주 삼아 연거푸 세 잔을 들이켰다. 종이컵도 술을 많이 마셨는지 손아귀에서 흐물거렸다. 나름 열심히 살아왔다고 자신했는데, 지금의 현실은 손 안에 있는 누그러진 종이컵 마냥 힘없이 무너지고 있었다.

술에 취해 담배만 연신 태우는데 탁자 위에 올려놓은 휴대폰에서 문자 메시지 착신 소리가 들렸다. 무심코 바라본 휴대폰 화면에는 '큰아들'이라는 글자가 선명히 보였다. 나는 문자 내용을 찬찬히 읽어 보았다. 아들은 내가 지금까지 받은 메시지 중 가장 장문으로 자신의 잘못과 조금 전 있었던 불미스러운 상황들을 설명하고 있었다. 자신의 방황과 탈선은 부모님의 잘못이 아니라 자기의 한순간 잘못 때문이라며 진심으로 사과하고 용서를 구하고 있었다. 그리고 자신이 웃으며 고개를 돌린 것은 어떤 상황에서도 미소를 잊으면 안 된다는 아빠의 말이 생각나 그랬던 것이라며 그 또한 용서를 구했다.

나는 문자를 보고 너무나 미안하고 창피했다. 가끔 술을 많이 마시고 집에 들어와서 아들에게 입버릇처럼 "남자는 어떤 힘든 상황을 겪더라도 절대로 미소를 잃으면 안 되는 거야"라고 이야기하곤 했는데 그만 오해를 했던 것이다. 물론 조금 전 상황에서 아들이 잘한 것은 아니었다. 하지만 그런 특별한 상황에서는 진지하게 반성해야 한다는 것을 설명해 주지 않은 것도 내 잘못이었다. 그리고 그렇게 화가 난 상태라면 행동을 잠시 멈추고 내가 먼저 물어봤어야 하는데 그만 과격한 몸짓부터 나갔던 것이다. 아들의 문자를 서너 번 다시 읽으며 속으로 못난 내 자신을 원망했다. 하지만 겉으로는 그렇게 하지 못했다. 아직 남아 있을지도 모르는 아들과의 유대감을 위해 당장이라도 뛰어가고 싶었지만 내 머릿속에는 두 인격체가 서로 싸우고 있었다….

'이 따위로 못난 아버지가 어떻게 아들을 볼 수 있어? 너는 왜 맨날 그 모양 그 꼴이냐? 아니야! 그래도 올라가서 아들에게 사과해야 해. 아니, 넌 자격이 없어! 네가 뭔데 이제 와서 그런 알량한 짓을 하는 거야? 아니야, 난 올라가서 아들과

81

화해하고 다시 시작해야 해. 사랑하는 우리 가족을 보고 싶어. 내가 사기만 안 당했어도, 직장만 안 잘렸어도, 사업만 잘되었어도, 그놈의 돈만 있었어도, 그 돈만 안 날렸어도… 으흐흑… 모두가 다 그놈의 돈이 문제야!"

혼돈의 시간이 흐르고 폭음 뒤에 밀려오는 실제적인 고통이 찾아왔다. 그리고 점점 현실로 되돌아오는 느낌이 들었다….

길고 뾰족한 내 얼굴이 원숭이 우리 쇠창살 사이에 꽉 끼어 옴짝달싹할 수 없었다. 우두머리처럼 보이는 원숭이는 내 얼굴을 밖으로 밀어 주며 측은한 표정으로 이야기했다.

"하이고, 이 자슥아…. 그라길래 얼라들한테 평소 다정한 아버지가 되어 주고 마누라한테도 잘해야제. 이제 와서 울고불고 하면 뭐하노? 이 문디 자슥아, 니 그 따위 정신으로 우예 살끼고?"

원숭이는 명령하는 듯한 말투로 이야기를 계속했다.

"내를 앞으로 레이몽이라 불러라. 이곳의 대장이지. 니가 전에는 우예 살았는지 몰라도 내는 니가 이곳에 오기 전까지 무조건 바르고 진실된 삶을 살았다고 생각하지 않는대이. 그리고 이런 내 말에 반감을 갖지 않았으면 한대이. 그래도 니 한 가지 다행인 기는 비록 니 자신의 결정이 올바르지 않더라도 그것을 회복하고 바꿀 수 있는 능력 또한 니한테 있다는 기다. 우째 내한테만 이런 일이 일어날까? 왜 해필 내지? 우예 살끼고? 짜증나고 감당이 안 된다? 일련의 상황이 니 인생길에 수도 없이 많은 질문과 후회를 계속 까발리고 널어놓을 끼야. 비록 잔인하게 들리겠지만서도 그따위 생각들이 기어 나올라 칼 때마다 이래 생각을 바꾸는 기라. 어떻게? 아무 일 없을 끼야! 침착해야 한데이! 당연히 내도 이런 일 생길 수 있다 카이! 걱정하지 마라! 니는 이제부터 무신 일이 생기더라도 기냥 고속도로 톨게이트 지난다고 생각하라 마. 봐라! 니 이곳에 기어들어 올 적에 알레한드로 아저씨하고 어떤 약속하고 들어왔제? 톨게이트에서 돈 내고 지나가제? 그런 식으로 당연히 생각하란 말인 기라. 니가 어떤 길을 통과할 때는 마땅한 대가를 지불하고 통과하잖아. 세상에는 공짜가 없듯이 말이다. 인생을 살다 보믄 지금보다 훨씬 어려운 일도 다가올 수 있는 기라. 그때마다 니는 호들갑 떨지 말고 겸손하게 상황을 통제할 수 있는 멋있는 남자가 되야 하는 기라. 알긋나? 이 문디 자슥아."

나는 레이몽의 쏘아붙이는 말을 들으면서도 저절로 고개가 끄덕여졌다. 그의 말에는 세상을 현명하게 사는 방법이 깃들어 있었다. 그는 이제 목소리 톤을 바꾸어 누그러진 목소리로 말했다.

"니 햄버거 좋아하제? 니 웬디스 버거의 회장인 데이브 토마스에 대해 뭐 쫌 아는 게 있나? 잘 들어 보거래이. 웬디스는 맥도널드, 버거킹 다음으로 세계 삼대 햄버거 체인 중에 하나다. 구십 년대까지는 우리나라에도 있었제. 내 개인적으로는 그 회사 햄버거가 제일로 맛있었대이. 데이브 토머스는 사생아로 태어나서 육 개월째 되던 해 입양되었제. 그러나 다섯 살 적에 양어머니마저 돌아가시고 떠돌이 양아버지의 무관심 때문에 양할머니 손에서 키워졌대이. 그 사람은 이미 여덟 살 때 세계 최고 레스토랑을 만들겠다고 마음을 묵고 스스로를 다독이며 매일매일 열심히 살았대이. 그리고 입양된 사실을 알고 난 후에는 오히려 운명에 감사하며 자신은 정말 은혜받은 사람이라고 진심으로 하나님께 축복의 기도를 올린 사람인 기라. 그 와중에 어려운 환경과 돈 때문에 댕기던 학교도 중퇴하고 집도 없어서 숙식을 와이엠씨에이 건물 수련관에서 해결하며 꿈을 키워 나갔던 기라. 그래서 결국에는 세계에서 가장 품질 좋고 소비자 만족도도 일등인 햄버거 체인의 회장이 되었다 카이.

니 그 세계적으로 제일 크고 유명한 닭집 알제? 케이에프씨 말이다. 원래 그 닭집은 다 망해 가는 가게였는데 그 닭집 사장이었던 샌더스 대령이 억수로 운 좋게 천아홉 번째 투자 설명회에서 데이브 토머스를 만나 자금과 마케팅 기법을 지원받아 지금은 웬디스 버거보다 훨씬 큰 체인망을 갖고 영업하고 있대이. 니 샌더스 대령이 누군지나 아나? 닭집 앞에 그 뭐이야? 하얀 양복에 지팡이 잡고 서 있는 할배 알제? 그 할배가 바로 샌더스 대령이대이. 그 할배 콘셉트도 원래는 데이브 토머스의 아이디어에서 나온 기라. 내가 이 데이브 토머스를 덧대서 니한테 알려 주고픈 얘기는 그의 인간적인 면이 존경스러워서 말하는 기라. 그는 자기 스스로 행복한 인생의 목표를 만들었다 카이. 예를 들면 게으름 떨지 마라, 타인을 아무런 대가 없이 도우라, 겸손하라, 품질을 위해서는 그 어떤 것도 바꾸거나 아끼지 마라, 주어진 자유를 당연시하지 마라 등등 내가 듣기에 너무나 큰 감명과 세상을 사는 데 필요한 용기를 돋우는 이야기를 많이 한 사람이제….

그런데 니는? 나의 한계는 이거밖에 안 되는가? 내는 왜 이 모양 이 꼴이제? 내가 사업만 잘됐으면? 내가 그 돈만 있었더라면? 그놈의 돈이 문제야 하믄서 한심한 생각만 하지 않나? 못 가진 것만 부각시키며 니 머릿속을 부정적이고 우울한 생각으로 가득 채운다면 니는 뭘 해도 절대로 안 되는 기라!

인마야, 성공하는 사람들이 괜히 잘 사는 줄 아나? 어려운 환경을 극복하고 현실에 순응하며 자신의 길을 묵묵히 헤쳐 갔기 때문에 성공이라는 계단에 올라선 기라. 이제 니는 그 옛날 추잡시럽고 씨레기 같던 잡생각들과 행동을 시원하게 버려 빼삐리라 마! 인자는 긍정적인 생각을 갖고 진실로 노력하며 완전히 새롭게 태어나야 된대이. 다시 말해서 니 선택과 행동을 책임져야 한대이. 만약에 니가 만나고 있는 현실을 니 책임으로 받아들이지 않는다면 니가 생각하는 행복한 미래는 택도 없는 기라!

맨날 남의 잘못이나 탓하고 비굴한 운명의 장난이라 탓하고 시간이 없다 탓하고 하다못해 하나님까지 뭐라꼬 탓해 봐야 공허하고 씁쓸한 니 변명거리만 메아리쳐 돌아올 끼야. 거울은 혼자 웃지 않는다고 했대이. 니가 보고 듣는 대로 행동하는 것이 현실이라는 뜻이제. 알긋나? 니나 내나 그 어느 놈이 희망차고 밝은 미래를 꿈꾸지 않겠노? 이 모든 것이 우리 스스로 현재를 충실하게 준비하고 다가올 미래를 겸허히 예측할 수 있다는 마음을 갖고 있을 때에 니캉 내캉 맞이할 세상은 조금씩 변하기 시작할 끼야. 니 그 못나고 실망스럽고 죽을 만큼 후회스러운 과거를 몇 가지 생각해 보거래이. 가정? 부모님? 직업? 사업? 눈물나게 배신스럽지 않노? 피똥 싸게 쓰리지 않노? 만약에 시간을 되돌릴 수 있다면 지나간 과거를 애닳아하며 교만했던 생활로 다시 돌아가고 싶은 기야?"

나는 쏟아지듯 흘러나오는 그의 이야기에 마지막 말을 제대로 듣지 못하고 엉겁결에 대답했다.

"네… 아, 아니요!"

"땡! 땡! 땡!"

레이몽은 나의 대답에 화가 몹시 난 표정으로 으르렁거리며 소리쳤다.

"이기 미친나? 니 장난하나? 니 똑바로 들으래이! 지금부터
는 과거에 연연하지 말아야 한대이. 우리 동물들이 계속 강조
하는 이야기지만서도 과거는 책임을 지고 반성하고 미련 없이
정리하는 것인 기라. 글카고 현실을 똑바로 보고 항상 솔직한
마음을 가지고 삶에 충실히 임해야 한대이. 알았제?"

"네."

"니 흘러간 후회스러운 과거를 치우지 않고 계속해서 이어
왔다면 지금부터라도 제대로 된 선택을 해서 니가 원하는 목
적지를 니 스스로 이끌어 가야 하는 기라. 회사에서 짤리고 넘
들헌데 사기나 당하고 가족과 친척들에게 외면당하는 어려움
이 닥쳐야만 그제야 자신의 삶을 되돌아보면서 지가 해놓은 기
아무것도 없다는 거에 실망만 하지 말고 지금 시점 이후부터
는 후회를 용기로 바꿀 자신감을 가져야 한대이. 니는 할 수 있
다! 알긋나?"

나는 또다시 떠오르는 과거의 생각에 마음이 아파 왔지만
과거를 책임지라는 레이몽의 말을 되새기며 나만의 솔직한 인
생길을 가겠노라 다짐했다. 내 머리 위에는 레이몽의 새까만 손
이 얹어 있었다. 레이몽은 내 머리에서 손을 거두며 자신의 입
술에 오른손 검지와 중지를 붙여 입맞춤을 했다. 그리고 그 손
가락을 나에게 가리켰다. 나름의 작별을 표현하는 것임이 분
명했다. 레이몽은 아무런 표정 없이 자신의 무리 속으로 다시
뛰어 들어갔다.

이층으로 된 동양관 내부는 마치 긴 터널처럼 빠져나오는
데 지루했다. 나오는 도중에 뱀과 악어를 만났지만 이들에게서
는 아무런 표정과 느낌을 받을 수 없었다. 무심한 그들을 뒤로
한 채 출구를 빠져나왔다. 출구 앞에는 알레한드로 아저씨가
환한 얼굴로 두 손을 흔들고 있었다. 나는 재빨리 뛰어가 아저
씨에게 몸을 부볐고, 아저씨는 주위를 의식해서인지 내 머리를
쓰다듬으며 조용히 말했다.

"어이구, 이제는 예전의 그 잡종개가 아니라 의젓한 토종 진
돗개처럼 보이는걸? 눈빛도 아주 초롱초롱해지고 말이야. 어디
서 뭔 얘기를 듣고 이렇게 얼굴 표정이 바뀌었나?"

나는 무척 피곤하고 배도 고팠지만 아저씨에게 그동안의 경
험들을 찬찬히 설명했다. 그리고 내가 느낀 감정, 이른바 과거
에 대한 아쉬움과 고통 그리고 진정한 삶의 재발견에 대한 솔직
한 느낌과 마음가짐을 말씀드렸다. 아저씨는 부드러운 미소를
지으며 고개를 끄덕였고 다시 눈을 들어 하늘 어딘가를 응시
했다. 그는 놀라운 표정을 지음과 동시에 내 얼굴을 찬찬히 살
피더니 걱정스럽게 물었다.

"끼니는 해결하고 돌아다니는 거야?"

나는 대답 대신 고개를 가로저었고 아저씨는 줄무늬 하이에
나 방사장 근처에 널따란 사각 정자를 발견하고는 그곳으로 나
를 데려갔다. 아저씨가 메고 온 가방에는 참치 샌드위치가 있

었다. 우리는 샌드위치를 반으로 갈라 정답게 나누어 먹었다. 평소에는 거들떠보지도 않던 샌드위치가 그날따라 맛있게 느껴졌다. 통조림 참치 특유의 느끼하고 비릿한 냄새가 마치 최고급 일식 코스요리처럼 품격 있게 느껴졌다.

동물원의 햇살은 늦겨울의 한기를 날려 버리듯 따사롭게 내리쬐고 있었다. 나는 지난 밤 정신을 어지럽게 한 사건들로 온몸에 맥이 풀리고 졸음이 쏟아졌다. 졸린 눈을 껌벅거리며 동시에 고개가 자꾸만 아래로 떨어졌다. 그때 아저씨가 뒤통수를 툭 치며 나에게 말했다.

"자네, 인생의 마지노선이란 말 들어 보았는가? 마지노선의 뜻을 아는가?"

"아니요."

"마지노선은 일차세계대전 당시 독일과 프랑스의 국경선 중 하나였는데, 프랑스 국방 장관이었던 앙드레 마지노의 이름을 기억하기 위해 지은 거라네. 마지노선은 독일의 공격을 막기 위해 프랑스와 독일 국경 사이에 만들어졌지. 이 마지노선은 당대 최고의 기술로 건설되어 가장 튼튼하고 영구적이라는 칭송을 받았다네. 물론 그 당시 독일이 국경선을 넘어 프랑스를 공격하기란 매우 어려웠어. 시간이 흘러 이차세계대전이 한창일 때 독일은 프랑스를 또다시 침공했네. 하지만 독일은 현명하게도 마지노선을 직접적으로 통과하지 않고 우회하여 벨기에를 침공한 다음 벨기에를 통해 프랑스를 함락시켰지. 결국 마지노선은 사용하지도 못하고 무용지물이 되어 버린 거야. 그렇지만 이 마지노선이 튼튼하긴 했나 봐. 무적의 독일이 그곳을 두려워해 바로 공격하지 않았으니 말이야. 그래서 오늘날 이 마지노선의 진정한 의미가 최후의 방어선 또는 넘어서는 안 되는 마지막 보루라는 뜻이 된 것이네. 자네는 인생의 마지노선을 어디로 생각하는가? 지금 자네의 현실이 고통스럽고 참담하지만 절대 넘어서는 안 되는 것이 무엇이라 생각하는가? 아마도 실패한 자신을 포기해 버리려는 마음 아닐까? 나쁜 마음을 먹고 행동하는 것은 돌이킬 수 없는 후회와 상처를 남긴다네. 나중에 자네 본연의 자리로 돌아간다면 부정적인 상상과 행동의 패러다임에서 벗어나 보다 긍정적이고 적극적으로 대처해 나아가야 할 거야. 자네는 결단코 실패하지 않을 거라네. 자네가 실패할 수 있는 유일한 경우는 오로지 자네 스스로 포기할 때뿐이지.

자네는 더 이상 두려움에 떠는 연약한 사슴이 아닐세. 자네의 마음속에는 어둡고 험난한 광야를 힘차게 날아갈 거대한 용이 자리 잡고 있네! 또한 자네는 끈질긴 인내의 그물을 던지는 충직한 베드로 같은 어부가 될 것이네. 상상의 그물을 던진 뒤에는 행동의 물고기를, 행동의 그물을 던진 뒤에는 열정의 물고기를, 열정의 그물을 던진 뒤에는 성공의 물고기를 거둬들이길 바라네. 반드시 이 귀중한 것들을 갈무리하여 인생의 진정한 의미를 깨닫고 행복한 자신을 만들어 가기를 바라네."

아저씨는 자신이 한 말의 의미를 신중히 생각해 보라는 의미인지 손가락을 하늘로 가리켜 빙빙 돌리면서 나를 주시했다.

"자네는 앞으로 이곳에서 해야 할 일이 몇 가지 더 있어. 자네 스스로 이 길을 개척해 보게나. 나는 길을 알려 줄 뿐 운전은 자네가 직접 해야 하네. 때가 되면 우리는 또 만날 것이네. 그러니 아쉬워하지 말고 자네의 인생길 위에서 안전하고 뜻 깊게 운전해 가게. 나는 볼 일이 있어 가볼 테니 공원을 좀더 자세히 둘러보게."

아저씨는 이 말을 끝으로 뒤를 돌아 천천히 걸어갔고, 나는 그런 아저씨의 뒷모습을 한동안 물끄러미 바라보았다.

7

눈부신 햇살은 한결 따사로워졌고 평일의 동물원은 여유롭고 조용했다. 대낮에도 아이를 동반한 부모들이 짐 꾸러미를 싸들고 한가로이 동물원을 거닐며 여유를 만끽하고 있었다. 그중 한 젊은 부부는 크기가 작은 유모차를 끌고 정답게 호랑이 길을 올라가고 있었다. 유모차에 탄 세 살쯤 되어 보이는 아이는 계속 내려 달라며 보채고 있었다. 아빠는 아이를 번쩍 들어 땅에 내려놓았고 아이는 유모차를 한 손으로 잡으며 아장아장 걸었다. 나는 그 상황을 유심히 지켜보았다. 그런데 유모차 바퀴와 아이의 발 간격이 너무 좁아 자칫하면 아이의 발이 바퀴에 깔릴 것 같았다. 그래서 나는 꼬마 숙녀의 안전을 위해 소리치며 경고해 주었다.

"컹컹컹! 컹컹! 우-우! 월월월! (위험해! 위험하다고!)"

부부는 가던 길을 멈추고 놀란 표정으로 나를 바라보았다.

꼬마 숙녀는 무섭다는 표정을 지으며 두 손으로 얼굴을 가리더니 눈물을 터뜨렸다. 아이의 아빠는 급하게 아이를 일으켜 다시 유모차에 태웠고, 주머니에서 휴대폰을 꺼내 들더니 어디론가 전화를 걸었다. 삼 분 정도 지난 것 같았다. 노란색 경광등을 번쩍이며 동물원의 관리용 전동차가 여우 방사장 아래 호랑이 길을 따라 달려오고 있었다. 전동차 안에는 그물이 달린 장대를 들고 있는 사람과 기다란 마취 총에 주사 바늘을 꼽고 있는 사람이 있었다. 뭔가 잡으러 온 것 같았는데, 아무리 주위를 둘러봐도 긴장한 꼬마 가족과 나 외에는 아무도 없었다.

'그렇다면 혹시…?'

나는 심장이 쿵쾅거렸지만 아무것도 모른다는 듯 자세를 낮추고 태연하게 딴청을 부렸다. 그러면서도 한편으로는 도망갈 곳을 찾아 이리저리 눈알을 굴렸다. 그러나 좌우측 도로에는 관리용 전동차가 이미 자리를 잡고 있었고 도로 남쪽 길가에는 사람들이 그물망을 치며 올라오고 있었다. 도로 북쪽 언덕 길만이 겨우 도망갈 탈출구로 보였다. 나는 때를 기다리며 온몸에 최대한 힘을 저장해 두었다가 이상한 낌새가 느껴지면 단숨에 튕겨 나갈 작정이었다.

사육사들이 관리용 전동차에서 내려 전열을 갖추기 시작하자 나는 북쪽 언덕을 향해 전속력으로 튕겨 나갔다. 그들이 휘두르는 그물망을 피해 요리조리 도망쳤다. 마치 영화 〈와호장룡〉의 주인공처럼 대나무 숲을 날아다니듯 우아하고 가볍게 사람들 사이로 뛰어다녔다. 드디어 나무들이 빽빽이 심긴 언덕 밑 산속까지 접어들었다.

'그래, 이곳까지 들어서면 더 이상 쫓아오지 못할 거야. 저 숲속으로 들어가면 훨씬 유리하겠지.'

그때 뒷다리에서 따끔함이 전해져 왔다. 나는 불안한 마음으로 뒤를 돌아보았다. 그리고 뒷다리 허벅지 중간에 빨간 꼭지가 달린 은빛 주사기가 이리저리 나풀거리는 것을 보았다. 순간 팀북투에게 전해들은 백구 이야기가 떠올랐다. 무섭고 두려웠다. 만약 그들에게 잡힌다면 나의 미래 또한 어떻게 될지 확신할 수 없었다. 나는 앞을 분간할 수 없는 대나무 숲속을 뛰고 또 뛰었다. 두려움, 괴로움, 억울함에 심장이 터질 듯 무조건 앞으로 달려 나갔다. 오 분가량 뛰었을까? 온몸에 힘이 빠지더니 머리가 어지러웠다. 그러나 가슴속 심장은 계속해서 뛰라고 펌프질을 하고 있었다. 주위를 분간할 수 없을 만큼 의식이 가물거렸지만 잡히면 절대로 안 된다는 생각에 두 눈을 부릅떴다.

갑자기 무언가 얼굴을 가로막는 것이 느껴졌다. 철조망이었다. 몸을 가눌 수 없는 상태였지만 철조망을 기어오르려 노력했다. 그러나 개의 신체 구조상 철조망을 잡고 오르기란 거의 불가능했다. 움직일 수 없는 몸을 철조망에 기대어 삼십 미터 정도를 비틀거리며 걸어갔다. 그때 철조망과 지면 사이에 동그

란 구멍이 보였다. 족제비나 작은 너구리의 통로일 거라는 생각
이 들었다. 내가 통과하기에는 구멍이 터무니없이 작고 비좁았
지만 선택의 여지가 없었다. 먼저 앞발과 머리를 차례로 집어넣
고 나머지 몸통과 뒷발을 빼내려고 발버둥쳤다. 하지만 몸통은
생각보다 쉽게 빠져나오지 않았다. 있는 힘껏 앞발을 바위에 밀
착시키고 젖 먹던 힘까지 모아 몸통을 빼내려 했다. 그러는 와
중에 앞발톱 두 개가 빠져나갔다. 작은 앞발에서는 붉은 포도
주 같은 피가 샘솟듯 흘러나오며 하얀 바위를 빨갛게 물들였
다. 우악스럽게 발버둥을 치고 나서야 핏자국이 낭자한 철조망
을 빠져나올 수 있었다.

철조망에서 나오자마자 급경사 내리막이 이어졌다. 이제는 더
이상 서 있을 수조차 없었다. 앞이 까맣게 흐려졌고, 몸이 서서
히 기울었다. 데굴데굴 몸이 구를 때마다 몸 이곳저곳이 바위와
나무뿌리에 부딪혔다. 아픔도 잠시, 나는 곧 정신을 잃고 말았다.

◦ ◦ ◦

얼마나 잤을까? 나는 서서히 의식을 되찾았다. 정신을 차리
고 눈을 뜨려 했지만 벼랑에서 구르다 얼굴을 부딪힌 탓에 눈
이 떠지지 않았다. 소리와 촉각으로 느껴 볼 때 잔디밭이나 산
속에 있는 것 같았다. 잠시 후 코끝에서 피비린내가 진동했다.
그리고 어디선가 동물의 뼈 씹는 소리가 들렸다. 본능적으로 극
도의 공포감이 몰려왔다. 온몸의 털이 쭈뼛 섰지만 앞발로 눈

을 벌려 가까스로 앞을 보았다. 내 주위에는 덩치 큰 시베리아 호랑이 세 마리가 둘러앉아 있었다. 호랑이들은 으르렁거리며 생닭을 움켜쥐고 뼈째 씹어 먹고 있었다.

나는 공포와 두려움에 휩싸여 또다시 내 기구한 운명을 원망했다. 차라리 인간들에게 포획되어 유기견 보호소라도 들어갔다면 한 달이라도 편하게 살지 않았을까? 만약 운이 좋았다면 괜찮은 주인을 만나 그리 행복하지는 않아도 그럭저럭 무난하게 살았을지도 모른다. 아니, 사실 나는 기구한 운명이 아니라 나 자신을 부단히 원망하고 있었다. 두려움에 짓눌려 아무것도 하지 못하는 내 모습이 비겁하고 한심했다. 조금 있으면 내 몸도 저 닭들처럼 거대한 이빨에 갈기갈기 찢겨 나갈 터였다.

그러나 이렇게 허무하게 죽을 수는 없었다. 나는 공포에 휩싸인 와중에도 정신을 똑바로 차리려 안간힘을 썼다. 그리고 일말의 용기를 가지고 덩치 큰 호랑이들에게 살며시 대화를 시도했다.

"저, 저기요…?"

아무 대답이 없었다. 이따금씩 들리는 호랑이 특유의 그르렁거리는 소리와 뼈 씹는 소리를 제외하고는 아무 기척도 들리지 않았다. 나는 고개를 살짝 들어 호랑이들을 쳐다보았다. 역시나 그들의 눈빛에는 무서운 살기가 서려 있었다. 마치 내가 작은 움직임이라도 보이면 무시무시한 발톱을 치켜세우고 위협적인 동작을 취할 것 같았다. 나는 두려움과 억울한 감정이 동시에 치밀어 올랐지만 레이몽이 설명해 준 자신감의 중요성을 다시금 떠올렸다.

'내가 왜 이곳까지 와서 두려워해야 하지? 어차피 내 의지대로 온 거잖아? 뭐가 두려운 거야? 죽음? 아니야. 이제는 극복해야지! 그래, 이따위가 운명이라면 기꺼이 이겨 내자! 죽기 아니면 까무러치기 아닌가? 인간에게 붙잡혔어도 기껏해야 한두 달 살다 가는 건데 뭐가 그리 아쉽나? 어차피 그곳에서는 아무런 저항도 못해 보잖아? 차라리 여기서 호랑이들과 싸우는 편이 훨씬 나을 수도 있어. 후회라도 없잖아. 옛말에 호랑이 굴에 들어가도 정신만 차리면 살 수 있다고 했어. 기죽지 말고 자신 있게 해보자!'

나는 벌떡 일어나 깊게 심호흡을 한 후 호랑이들을 당당히 노려보았다. 그리고 있는 힘껏 소리를 질렀다.

"당신들이 뭔데 나를 둘러싸고 두려움에 움츠리게 만드는 겁니까! 내 모습이 비록 초라해 보여도 난 의지가 강하고 용감합니다! 그러니 당장 내 앞에서 썩 물러나란 말입니다!"

나는 자신 있게 호랑이들을 향해 소리쳤다. 당황한 그들은 내 말을 알아들었다는 듯 닭을 입에 물고 방사장 바위굴로 살며시 들어갔다. 나는 이 상황이 도저히 믿기지 않았지만 엉겁결에 한 나의 행동이 자랑스러우면서도 속이 후련했다. 살면서 처음으로 느껴 본 카타르시스였다. 흥분이 가시지 않은 채로 이 상황을 곰곰이 생각해 보았지만 도무지 이해할 수 없었다.

아마도 미지의 세계에 있는 어떤 분이 시베리아 호랑이들을 통해 나를 교훈하시는 것 같았다. 몽고말이 이야기한 조건반사처럼 일어나지도 않은 일에 두려움을 느낀다면 어떤 도움도 얻을 수 없다는 것을 깨닫게 하려고 시험하신 것 같았다. 그분이 허락한 이 시간을 나는 이렇게 해석하고 싶었다. 두려움과 대적할 수 있는 자신감을 갖기 위해서는 일반적인 생각을 뛰어넘어 과감한 행동을 표현하는 것이 중요하며, 고통스럽고 어려운 일들에 도전해 보는 것도 필요하다고. 만약 그 미지의 누군가가 아내가 말한 그분이라면, 그리고 내가 이곳을 떠나 예전처럼 사람으로 살 수 있다면, 나는 아내와 함께 평생 그분을 섬기고 의지할 것이다.

구석에서는 호랑이들의 식사가 계속되었는지 뼈 씹는 소리가 메아리처럼 들렸고, 잠시 후 호랑이 방사장 안쪽의 중앙 철제문이 열렸다. 다른 호랑이보다 덩치가 두 배 이상은 커 보이는 시베리아 호랑이가 경중경중 뛰어나오며 나에게 반갑게 인사를 했다.

"어이쿠, 왔능가? 내 이름은 볼코프여. 이렇게 보니 반갑구마이."

나를 다정하게 불러 주는 볼코프가 못내 고마워 반갑게 인사를 건넸다. 볼코프 역시 반갑다며 하얗고 까칠한 수염을 내 얼굴에 비비며 귓속말로 이야기했다.

"근디 자네 요즘도 호구 짓하고 돌아당긴다믄서?"

나는 순간 머리가 아찔했다. 반가움도 잠시, 나는 너무나 기가 막혀서 따지듯 그에게 말했다.

"아니, 내가 뭘 그렇게 어리숙하고 바보 같은 짓을 했다는 겁니까? 나도 나름대로 인생을 바르게 살려고 노력했습니다. 가끔 남들을 돕기도 했고요. 잘 알지도 못하면서 그렇게 쉽게 평가하다니, 너무하신 것 아닙니까?"

호랑이는 한심하다는 눈빛으로 나를 쳐다보며 말했다.

"자네 말대로 호구란 어리숙한 놈들이지. 아따 자네처럼 말이여. 저그들의 어리버리한 마음을 헤집어 보믄 넘들과 비교하는 문제에서 시작되는 것이지. 예를 들어 불면 직업, 재산, 외모, 자동차, 집, 처자식 등이 있제. 다른 넘들이 가진 것과 비교하고 경쟁하고 거기에 맞추어 생활하다 보믄 점점 자신감을 잃게 되는 것이지라이. 낭중에는 비교병이라는 심각한 정신질환에 시달리기도 한당께. 이 비교병은 다른 사람들을 쌍안경으로 보듯 확대해석하고 속마음을 일일이 파헤쳐 보려는 심산인 것이여. 그리고 지들을 볼 때는 쌍안경을 거꾸로 돌려놓고 보는 습성이 있제. 쌍안경을 거꾸로 해서 봐분 적 있어? 아마 모든 것이 거시기하고 보잘 것 없이 보일겨. 그것의 예를 다시 들어 볼 테니 잘 들어 보드라고.

　도박은 심각한 병이라는 것을 알고 있능가? 노름꾼들은 딴 돈에 대해서는 허벌나게 떠벌려 대들지만 띠긴 돈에 대해서는 거의 말을 하지 않는다고 혀. 근디 이 비교병으로 고통받고 있는 인간들은 그와는 반대로 행동하제. 잘나갔던 저그들의 과거와 비교할 때는 옛날이 어쨌느니 저쨌느니 하믄서 잃은 것에 집착하고, 반면에 얻은 것에는 관심이 별로 없제. 자네도 이 병을 조심해야 돼야. 많이 배우지 않아도 훌륭한 인재가 될 수 있고 많이 소유하지 않아도 모든 일에 만족할 수 있다는 맴을 가져야 한당께. 누가 차별을 만들고, 어느 놈이 계층을 논하는디? 워떤 놈이 그런 답답한 현실을 만드는 것이냐고? 허나마나한 소리 허지 말고, 인자 그 주체는 항상 느그 자신이라는 사실을 잊지 말아야 한당께. 더 이상 직업, 재산, 자동차에 얽매어 살지덜 말고 주위 사람들에게 느그들만의 주장이 옳다고 강요해도 안 되는 것이제. 시방은 행동과 목적을 명확히 주시하여 겸손하고 용감하게 원하는 일을 헤쳐 나가야 할 것이여. 중요하닌께 꼭 명심하드라고.”

　호랑이 사육장에서의 하루는 나에게 이정표 같은 시간이었다. 바라는 목표에 도달하기 힘들어도 나 자신을 믿고 한 걸음 두 걸음 용기 있게 나아간다면 결국 그 목적을 달성할 것이라는 교훈을 얻었다. 또한 인생에서 중요한 것은 남보다 빨리 가는 게 아니라 올바른 방향을 설정하는 것이었다. 나는 방향을 잡을 수 있는 키를 만들어 나가야 했다. 두려움과 고통을 극복하지 못한다면 삭막한 과거로 돌아갈 수밖에 없다는 것을 인식했으며 두려움에 대한 본질을 파악하고 경험하는 귀한 시간이었다. 호랑이 방사장에서 체험한 용기를 반드시 기억하고 사용할 수 있도록 노력하리라 마음을 다졌다.

어느덧 거리는 붉은 노을로 물들었고, 폐장 시간이 임박했는지 관람객들의 발걸음은 빨라졌다. 광장 가장자리에 늘어선 매점에는 매혹적인 먹거리가 가득했다. 맞은편 핫도그 가게에는 핫바와 소시지가 주황색 할로겐 불빛 아래서 번지르르 빛나고 있었다. 옆집 츄러스 가게에는 두툼한 갈색 막대기에 계피 설탕을 바르는 아저씨가 웃는 얼굴로 나를 반겨 주었다. 이런저런 주전부리의 유혹을 뿌리치고, 나는 작은 광장에 위치한 놀이터를 가로질러 유인원관에 도착했다.

8

침팬지 방사장에는 추운 날씨에 적응하지 못한 침팬지들이
전기히터 주위에 옹기종기 모여 있었다. 그들은 지나가는 사람
들에게 화가 많이 났는지 목소리에 힘을 잔뜩 주고 대화를 나
누고 있었다.

"저 인간들 좀 봐. 어쩜 저렇게 하나같이 표독스럽고 악의에
차 있는지 몰라. 애나 어른이나 할 것 없이 인간이라는 것들은
전부 쓸모없고 나쁜 존재들이야. 걸핏하면 우리의 몸짓이나 소
리를 흉내 내며 하찮게 여기잖아. 더군다나 우리가 거지도 아니
고… 아니, 거지도 그렇게 대접하지는 않을 거야. 우리에게 과일
껍질이나 과자 부스러기를 마구 던져 놓고는 안 먹는다며 신경
질을 내잖아. 어쨌든 아주 못된 종자들인 건 확실해."

이 말을 듣고 있던 또 다른 침팬지가 벼룩을 앞니로 톡톡 씹
으며 이야기를 보탰다.

"쓰레기나 과자를 던지는 것도 그렇지만 글쎄 옆집 오랑우탄 가족 중에 탕탕이 아빠는 인간들이 던진 담배를 한 번 맛보더니 그만 중독되어 버렸다지? 매일 줄 담배를 피워 대더니 결국 폐암으로 죽었다고 하더라고. 에이, 못된 인간들. 썩을 놈의 인간들. 더럽고 잔인해, 정말…"

나는 그들의 엉덩이만큼 붉게 달아오른 히터 주변을 맴돌다가 한창 떠들고 있는 침팬지들에게 조용히 다가섰다.

"안녕하세요. 엿들어서 죄송하지만, 인간에 대해 뭔가 오해하고 계시는 것 같아서요. 일부 몰지각한 인간들만 그런 나쁜 짓을 하지, 나머지 사람들은 대부분 선하고 착하지 않나요?"

내 말이 끝나자마자 침팬지들은 일제히 나를 주시하더니 알아들을 수 없는 시끄러운 소리를 내며 흥분하기 시작했다. 나도 기세에 질세라 얼굴을 빳빳이 쳐들고 막무가내로 짖어 댔다. 한창 소란스러운 와중에 방사장 내부에서 거부할 수 없는 강렬하고 낮은 목소리가 들려왔다.

"조―용―."

마치 홍해가 갈라지듯 무리 사이에서 나타난 침팬지가 나직한 걸음으로 내려오고 있었다. 하얀 턱수염에 검은 뿔테 안경을 낀 얼굴에는 근엄함이 묻어났고, 겨드랑이 사이에 놓인 두툼한 책은 그가 상당히 지적이고 품위 있음을 보여 주는 것 같았다. 그는 책을 내 앞에 가지런히 내려놓더니 조용히 이야기를 시작했다.

"나는 한니발이라고 하네. 보아하니 자넨 일반 개처럼 보이지 않는군. 어쨌든 자네는 내 친구들이 이야기한 것 중에 거짓이 있다고 확신하는 것 같은데. 왜 그런지 자네의 생각을 들려주면 안 되겠나?"

이성을 되찾은 나는 점잖은 한니발에게 차분히 이야기했다. 인간이 저지른 잔인하고 추악한 일들을 부정하지는 않지만 그것은 정말로 극히 일부분이며 더 많은 인간이 지구의 발전과 생태계를 위해 좋은 일을 하고 있다고 설명해 주었다. 에디슨이나 뉴턴의 과학적 발견과 발명으로 세상이 윤택하게 된 예를 들었고, 처칠이나 포드 같은 위인들이 정치 경제 발전에 기여한 리더십과 위기관리 능력 등을 자랑스럽게 늘어놓았다. 내 말을 듣고 있던 한니발은 오른손 엄지와 검지를 펴서 턱을 괴더니 무표정한 얼굴로 말했다.

"자네, 내가 지금부터 소위 자네가 이야기하는 위대한 인간들에 대해 설명을 해볼 테니 잘 들어 보고 판단해 줄 수 있겠나? 어떤 인간이 훌륭하고 어떤 인간이 나쁜지를 말이야."

"알겠습니다."

나는 자신 있게 대답했다. 한니발은 어느새 화이트보드를 내 앞에 가져와 무언가를 쓰기 시작했다.

보고 듣는 것이 전부는 아니다.

인물 A - 어린 시절 형편이 어려웠지만 화목한 가정에서
자랐으며 특히 어머니의 사랑을 듬뿍 받았다. 화가의 꿈
을 키우며 행복한 유년 시절을 보냈고 클래식 음악을 좋
아했다. 유달리 동물들을 사랑하여 그가 재임할 당시 세
계 최초로 동물 보호법이 제정됨과 동시에 동물사냥 금
지, 동물실험 금지, 동물해부 금지 등이 실행되었다. 동
물 사랑을 실천하기 위해 달걀을 제외한 육식도 일절 하
지 않았다. 도박이나 유흥을 즐기지 않았으며 주량은 식
사 때 곁들이는 맥주 한 잔이 전부였다. 본격적으로 정
치에 입문했을 당시 국가 실업률은 0퍼센트였다. 과학
발전에도 관심이 많아 광대역 스마트폰의 전신인 프레야
(레이더)를 발명했고 우주개발의 모태가 된 로켓을 개발
했다. 일본 제국주의를 패망시키고 한국을 독립시킨 원
자폭탄을 개발하는 데 일조하기도 했다. 경제적으로 궁
핍했던 조국을 위해 자동차 산업을 발전시켜 나라를 부
강하게 만들었으며 노벨 평화상 후보에까지 올랐다. 훗
날 사랑하는 아내와 함께 삶을 마감했다.

인물 B - 어린 시절 냉혹한 아버지와 바람둥이 어머니
사이에서 태어나 가정의 화목이 무엇인지 모르고 자랐

다. 공부에 재능이 없고 성격이 까칠해 친구 없이 외로운 유년 시절을 보냈다. 청년 시절 마약과 도박으로 허송세월을 했으며, 육식과 음주를 좋아해 건강도 엉망이었다. 노년에는 폐렴과 심장마비 위험으로 고생을 겪었다. 우여곡절 끝에 정계에 입문했지만 항상 일이 꼬여 비리 공직자로 의심받았고 월급에 비해 씀씀이가 헤펐다. 여자 관계가 복잡하여 세간의 주목을 받았고 일확천금의 유혹에 빠져 주식투자를 했지만 전 재산을 날리기도 했다. 결국 공직에서 쫓기다시피 나왔고 약 십 년간 실업자로 허송세월했다. 돈을 마련하러 미국으로 건너갔지만 교통사고를 당해 한동안 궁핍한 생활을 해야 했다. 그래도 손가락 검지와 중지 두 개를 펼쳐 보이며 승리의 브이를 자신의 트레이드마크로 만들었고 어떤 상황에서도 자신감을 잃지 않았다.

내가 화이트보드에 적힌 글을 찬찬히 읽어 보는 동안 한니발은 여유 있는 얼굴로 가만히 기다려 주었다. 내용을 다 읽었다고 눈짓했더니 그는 곧바로 나에게 의미심장한 질문을 던졌다. "자, 인물 A와 인물 B 중에 어떤 사람이 세상을 더 훌륭하고 여유롭고 행복하게 만들었을까?" 나는 당연히 A가 훌륭한 인물이라 말했고 B는 천하에 쓸모없는 인간이라고 말했다. 잠시 후 그는 쓴웃음을 보이며 차분히 말을 이어 갔다.

"A는 오천만 명의 생명을 빼앗아 간 이차세계대전의 원흉 아돌프 히틀러이고, B는 그 이차세계대전을 연합국의 승리로 종식시킨 윈스턴 처칠이라네. 아이러니하게도 자네가 보고 듣는 사실은 극히 일부에 지나지 않거나 현실과 다를 수 있지. 다른 관점에서 본다면 말이야. 본질을 이해해야 한다는 말일세. 세상이 알려 주는 막연한 지식을 통째로 받아들이지 말고 자네 스스로 생각하고 확립하는 훈련을 해가야 하네. 생각이 행동과 운명을 이끄는 것은 자명한 일이지. 이제부터 어떤 생각을 할 때는 신중해야 해. 자네가 이곳을 나가게 되더라도 반드시 위의 상황을 기억하고 조심하길 바라네. 꼭 그렇게 하겠다고 약속할 수 있나?"

나는 한니발의 진심 어린 말에 고개를 끄덕이며 고맙다는 말을 덧붙였다. 그는 보기와 다르게 냉철한 이성을 지닌 동물이었다. 그의 이야기를 듣고 나자 또다시 내가 몰랐던 부분을 알게 되어 놀라웠다. 당연하게 생각했던 일들을 조금 더 세밀히 관찰해야겠다는 마음이 들었다. 이미 알고 있는 것도 겸손하고 신중하게 다시 판단할 수 있는 사람이 되기를 소망했다.

한니발은 뭔가 할 말이 더 남았다는 듯 내 눈치를 살피며 재빨리 이야기를 이어 갔다.

"자네가 사랑스럽게 이야기한 나머지 인물도 한번 살펴보겠네. 누구나 알다시피 토머스 에디슨은 위대한 발명가지. 그는 백열전구나 축음기 등을 만들어 낸 것 외에도 인류가 사용하는 훌륭한 물건을 많이 발명했어. 그리고 자동차계의 왕 헨리 포드의 사장이기도 했고. 젊은 시절 포드는 에디슨을 선망하여 그의 밑에서 기술을 배우기로 결심했네. 정말 열심히 일했지. 하지만 에디슨이 포드를 얼마나 구박하고 싫어했는지 알고 있나? 그 결과 그들은 서로를 미워하게 되었네. 물론 세월이 약이라고 둘 사이는 겉으로 보기엔 점차 좋은 사이로 바뀌었어. 대부분 서로의 이익을 위해 억지로 그랬을 거야. 하지만 만약 포드가 에디슨 밑에 계속 있었다면, 이건 내 생각인데, 아마도 둘 사이는 상당히 좋지 못했을 거야.

그리고 유대인이었던 에디슨은 같은 시대를 산 히틀러의 잔혹성을 굉장히 혐오했던 사람으로 유명하네. 하긴 그 시절에 히틀러를 좋아하면 어디 제정신인 사람이겠는가? 아무튼 에디슨은 세계 최대의 회사인 GE 그룹을 창업했고 포드는 포드자동차 그룹의 창업자로 생을 마감했네.

내가 왜 이런 시덥지 않은 이야기를 떠드느냐 하면, 이 말을 해주기 위해서라네. '내 적의 적은 나의 친구다.' 잘 새겨듣고 현실에 유용하게 적용해 보게. 안타깝게도 에디슨은 교도소에서 쓰는 그 유명한 죽음의 전기의자를 발명한 사람이기도 하지. 그리고 동물 학대를 가장 많이 한 사람으로도 유명해. 그가 전기의자를 발명한답시고 집 주변에 있는 동물들의 씨를 말렸다는 일화가 있다네. 동물 보호론자인 히틀러와는 대조적으로 말이야. 안 그래? (오해는 하지 말아 줬으면 좋겠네. 동물의 관점에서 보는 거니까.)

자동차 왕 헨리 포드 역시 모두 잘한 것은 아니야. 그는 히틀러의 정책에 감동하여 그를 도와 독일이 자동차 강국으로 나아가는 데 지대한 공헌을 했네. 그래서 독일이 유럽을 경제, 군사적으로 지배할 수 있도록 하는 데 매우 큰 역할을 했지. 자동차광이었던 히틀러 역시 포드에게 감사하다며 외국인 최초로 훈장을 수여했어. 하지만 남의 나라에서 영웅 대접을 받은 포드는 정작 자기 나라에서는 환영을 받지 못했지. 자기 공장에서 직원들이 노조를 만들었다고 깡패를 동원하여 직접 노조원들과 싸우기까지 했네. 결국 경찰이 와서 뜯어 말리긴 했지만 그 후로 노동자들에 대한 태도가 많이 달라졌어. 포드는 그 일로 은퇴를 했다가 먼저 죽은 아들을 대신해 복귀했다네. 그러나 지병이 악화되어 고향으로 내려가 쓸쓸히 생을 마감했지. 그리고 포드는 세계 최초로 전기자동차를 개발한 에디슨을 자신이 만든 값싼 휘발유 자동차로 쫄딱 망하게 한 장본인이기도 하네.

이 시점에서 잘 생각해 보게. 내 적의 적이 누구인지를 말이야. (이것도 동물의 관점이니 확대해석은 하지 말고 잘 생각해 보시게.) 아이작 뉴턴? 물리학자들과 수학자들의 눈에는 위대해 보이겠지만 내 생각은 아니올시다야. 내가 그를 생각할 때마다 떠오르는 건 게으른 놈팽이와 사과 한 개뿐 그 이상도 이하도 아니지. 당시 사람들은 뉴턴을 위대한 과학자 또는 대학 교수로 칭송하며 떠들고 다녔는데, 사실 뉴턴에게는 여러 직업이 있었어.

그중 하나가 조폐국 장관이었다네. 조폐국 장관이라니… 지금 생각하면 조금은 황당하지만 그 당시에는 돈을 찍어 내는 일이 상당히 중요했나봐.

여하튼 그곳에서 공직 생활을 이십여 년 동안 재임하던 어느 날 그는 '남해주식회사'라는 기업을 알게 되었다네. 오늘날과 비교해 보면 삼성이나 애플 정도의 인기 있는 벤처 혁신 아이템 투자회사로 생각하면 되네. 어찌되었건 뉴턴은 그 회사 주식에 돈을 투자했지. 아마 자신의 지위와 내부 정보, 모든 비리를 동원해서 그 회사의 지분을 취득하게 되었을 거야. 그리고 얼마 지나지 않아 투자금의 전부를 수익으로 회수하게 된다네. 돈맛을 본 그는 투자수익을 조금 더 내려는 욕심에 회사주식에 자신의 전 재산을 쏟아붓게 되지. 그러나 삼 개월 뒤 벤처 거품이 사라지자 이만 파운드를 하루아침에 날리게 되었어.

지금 우리나라 환율로 따지면 약 사천만 원 정도지만 미국 물가를 고려한 당시의 현물 가치로 따진다면 대략 오백만 달러였지. 그 당시 인건비 대비 물가로 계산하면 약 일억 달러에 해당하는 돈이라네. 우리나라 돈으로 천억 원쯤 되려나? 어찌 되었건 뉴턴은 그 충격으로 공무원직에서 물러나면서 이런 말을 했다고 하네. '나는 천체나 우주의 움직임은 정확히 계산할 수있지만 인간의 광기는 도무지 계산할 수 없다'고 말이야.

자네의 관점에서는 뉴턴이 중력의 법칙과 운동의 법칙을 발견하여 인간을 달로 보내고 자동차를 움직이게 하는 데 기여

한 위대한 과학자로 보이겠지만, 나에게는 단순히 욕심 많은 고위 공무원일 뿐이야. 재임 시절 온갖 비리와 배임 행위를 저질러 놓고 뻔뻔하게 그런 말이나 해대는…. 보고 듣는 게 무조건 맞는 것은 아니야. 이젠 다각도로 생각해 보고 상황과 현실에 맞게 결정해야 할 때라네. 다시 한 번 말하지만 생각을 갖고 즉각적으로 행동하는 삶을 살아가길 진심으로 바라겠네. 자네는 교만을 솔직한 용기로 바꿀 수 있는 자신감이 있다네. 그럼 잘 가시게나…."

한니발은 논리로 무장한 지능체계로 내 정신을 혼란스럽게 만들었다. 그의 가르침에는 생각의 다양성을 갖고 살아가라는 심오한 의미가 담겨 있는 것 같았다. 내 생각이 남의 생각과 다르다는 이유로 특별해진다는 의미는 아니었다. 다만 현명한 결정을 내리기 위해 남들과 달라지려고 노력하라는 것이었다.

꩜ ꩜ ꩜

나는 유인원관에서 나와 쭉 뻗은 호랑이 길을 따라 공원 위로 올라갔다. 지금껏 만난 동물들과 나누었던 이야기도 정리하고 상쾌한 공기도 마실 겸 천천히 거리를 거닐었다. 지금까지의 경험을 토대로 생각해 보니 나를 기만해 온 상상속의 두려운 문제들이 그다지 심각하게 의식되지 않았다. 그동안 나를 짓누른 주변 사람들의 충고나 의심 섞인 걱정조차 신경 쓰이지 않았다. 마음이 점차적으로 순화되면서 진정한 자유란 무엇인가 되돌아보게 되었다.

언덕 옆으로 좁게 뻗은 돌계단을 내려오니 어느덧 알레한드로 아저씨가 계단 옆 벤치에 앉아 커피를 마시고 있었다. 나는 아저씨와 반갑게 조우했고 우리는 전과 같이 나란히 앉아 커피를 마시며 이야기를 나누었다.

아저씨는 이야기 도중 느닷없이 어머니 얘기를 꺼냈다. 어머니에 대해 특별히 기억나는 것이 있느냐고 물었고, 곧이어 자신은 특별한 추억이 있다며 따뜻한 커피 잔을 양손에 쥔 채 나지막한 목소리로 말했다.

"이른 봄, 나물과 약초가 처음 나올 때 어린 새싹들은 부드럽고 먹기 편하다네. 쌉쌀한 맛에 더해 여린 상추 씹는 아삭함이 정말 그만이지. 예전 시골 어르신들은 새로 돋아난 싹을 먹으면 늙은 몸이 봄의 기운을 받아 다시 젊은 시절로 되돌아간다고 믿었다네. 내 어머니도 그러셨지. 해마다 봄이 올 때면 어머니는 산과 들로 나가서 새순과 약초들을 캐오곤 하셨어. 달래, 냉이, 씀바귀, 두릅 등등. 나도 어릴 적 어머니와 같이 다니면서 나물을 캐곤 했네. 어머니는 그걸 캐다가 아버지께 자주 해드렸지. 아버지는 나물을 드시고 어머니 덕에 봄이 왔다며 어머니를 칭찬해 주셨어.

어릴 때는 잘 몰랐는데 나이가 들수록 점점 부모님 입맛을 닮아 가는 것 같아. 사실 나는 나물 요리를 그렇게 좋아하지 않았거든. 나물을 먹을 때마다 혀에서 느껴지는 쌉쌀함과 이빨에 걸리는 촉감이 싫어서 달걀부침이나 고기반찬을 더 좋아했어. 하지만 시간이 흐른 뒤 나물을 먹을 때마다 지나간 일들이 새록새록 스치며 가슴에 저며 온다네. 특히 어머니가 손수 만들어 주신 음식이 많이 생각나…. 가끔씩 어머니와 단 둘이 나물을 캐던 고향의 동글동글한 산들이 생각난다네. 그곳의 꼭대기에 올라서면 넓은 분지가 나타나는데 구름이 살짝 낀 분지를 걷노라면 마치 미지의 땅 깊은 곳으로 빠져드는 듯한 느낌이 들더라고. 서해의 수평선은 끝도 없이 펼쳐져 있었어. 날씨가 아주 맑은 날에는 중국까지 보인다는 전설도 있었다네. 물론 믿을 건 못되는 이야기지만…. 어쨌거나 그 평지 귀퉁이에 작은 연못이 하나 있었는데 그 가장자리에 각종 약초들이 즐비했어. 약국 갈 돈이 여의치 않았던 어머니는 식구들이 배탈 나거나 머리가 아플 때마다 그곳에 가서서 널린 약초들을 한 움큼씩 캐오곤 하셨네.

지난 주말 아침에 그걸 좀 캐려고 다시 갔더니 올해는 봄이 늦게 와서 그런지 나물과 약초들이 잘 안 보이더군. 겨우 냉이 몇 뿌리 캐다가 발걸음을 옮기기로 마음먹었네. 우리 어머니께서 하신 말씀 중에 사람의 모든 기억 가운데 가장 오래 남는 것이 음식이나 맛에 대한 기억이라고 하셨어. 자네도 어머니가 해주신 요리에 대한 추억이 한 가지 이상은 될 거야. 자기만의 특별한 기억이지. 결코 잊을 수 없는 그리움의 맛이라고나 할까? 집으로 돌아가는 길에 어머니가 해주신 상큼하고 향기로운 냉이무침을 생각하며 어머니가 사무치게 그리웠다네. 보고 싶은 마음에 눈물도 많이 흘렸지. 누구나 어머니에 대한 죄송스러운 마음이 한 가지 이상은 있을 거야. 조금 전 냉이무침 같은 추억 말이네. 이제 와서 후회하고 눈물 흘려 봐야 부질없는 짓이란 걸 깨닫지만, 그래도 주저 없이 흐르는 그리움과 미안함의 눈물은 멈출 수가 없다네…"

아저씨의 눈에는 눈물이 그렁그렁 맺혔다. 나도 어머니를 떠올리며 송구스러운 마음을 위안하고 한동안 아무 말 없이 그리움과 회한의 시간을 가졌다. 더불어 다 짐작할 수는 없지만 알레한드로 아저씨에게도 말 못할 사연이 많다는 것을 느낄 수 있었다. 이유는 모르겠지만 우리가 비슷한 생각과 운명을 공유한다는 느낌이 들었고, 한 가지 확실한 것은 그 감정이 부담스럽거나 불편하지 않았다는 것이다. 나는 분위기를 바꿔 보려고 아저씨에게 다음의 여정에 대해 큰 소리로 물어보았다.

"이제 어디로 떠나야 하나요?"

아저씨는 두 손으로 재빠르게 얼굴을 문지르며 쑥스러운 표정으로 서둘러 말했다.

"자네가 꼭 가봐야 할 곳이 한 군데 있어. 이 동물원 중앙에 있는 해양관이라는 곳이지. 물개와 돌고래들이 공연을 하는 곳인데, 그곳에 가면 많은 것을 배우고 느낄 수 있을 거야. 나도 이따금씩 방문하는데 그곳에 있으면 언제나 마음이 즐겁고 흥겨워진다네."

알레한드로 아저씨는 한 손으로 엉덩이 먼지를 툭툭 털어 내면서 내게 일어나라는 고갯짓을 했다. 나는 꼬리를 살랑거리며 앞장서서 아저씨를 이끌었고 해양관을 향해 열심히 길을 걸었다. 조금 뒤쳐져 오는 아저씨의 얼굴에는 다시 환한 미소가 번지고 있었다.

9

우리는 해양관 정문에 들어섰다. 왼쪽에 물개와 펭귄들을 위한 자그마한 풀장과 점프대가 놓여 있었고, 그 앞에는 거대한 타원형의 돌고래 수영장이 자리 잡고 있었다. 나는 조그만 의자 위에서 중심을 잡고 농구공을 요리조리 튕겨 내는 물개 한 마리를 신기하게 쳐다보았다. 하지만 빨리 오라는 아저씨의 손짓에 수영장을 돌아 관람석 깊숙이 들어갔다. 해양관에는 돌고래 쇼를 구경하러 온 사람들이 벌써부터 좌석을 빽빽이 메우고 있었다. 분위기에 들뜬 나 역시 돌고래들을 구경하기 위해 관람석 한 귀퉁이에 자리를 잡았다. 그런데 아저씨가 쫓아와 조용히 말을 건넸다.

"자네가 있어야 할 곳은 여기가 아니야."

아저씨는 황급히 나를 이끌고 쇼가 벌어지는 무대 뒤쪽으로 데려갔다. 무대 뒤에서는 조련사와 동물들이 서로 뒤엉켜 바쁘게 움직이고 있었다. 쇼의 조연 격인 물개들은 철제 상자 위에 올라가 무슨 연습을 하는지 연신 끙끙 소리를 내며 박수를 치고 있었다. 진한 화장과 반짝이 복장을 한 광대 얼굴의 뚱뚱한 사내가 황급히 다가오더니 아저씨에게 반가운 표정으로 인사를 건넸다.

"오우! 아저씨 정말 오랜만에 오셨네요. 다른 곳에는 자주 방문하신다고 들었는데, 이곳은 왜 이렇게 오랜만에 오시는 거예요? 서운해요. 내가 알레한드로 아저씨를 얼마나 좋아하는데…."

아저씨는 웃는 얼굴로 가벼운 포옹을 한 뒤 그의 눈치를 보며 나지막이 이야기했다.

"어이, 엘리엇. 오랜만일세그려. 자네는 물론 자네 친구들도 모두 잘 지내고 있지? 이젠 말썽 안 피우는지 몰라. 그건 그렇고, 내가 오늘 정말 중요한 친구를 데려왔는데 바로 이 친구일세. 자, 자네도 인사하게.

"안녕하세요."

"오늘 이 친구에게 돌고래 쇼란 어떤 것인지 좀 알려 주게나. 이 친구는 아직 배울 게 많아서 말이야. 그렇게 해줄 수 있겠나?"

아저씨의 말을 들은 엘리엇은 망설이다가 이내 난처하다는 표정을 지으며 말했다.

"에이, 제가 어떻게 개를 훈련시켜요? 저기 보이는 물개들 훈련시키기도 얼마나 어려운데요. 하물며 진돗개를요? 저는 자신 없어요…."

엘리엇은 옆에서 열심히 공놀이를 하는 물개들을 무심히 쳐다보고는 손사래를 치며 거절의 표시를 내보였다. 그러나 아저씨는 간절히 부탁하듯 다시 말했다.

"괜찮아. 자네는 이 쇼의 진행자이지 조련사는 아니잖아. 자네는 그냥 이 친구를 쇼 중간에 소개만 하면 되는 거야. 나머진 내가 다 알아서 하겠네. 그러니 자네는 조련사가 돌고래 등지느러미를 잡고 수영을 마칠 때쯤 이 친구를 무대에 불러 주면 되네. 그러면 자네의 일은 끝나는 거야. 생각보다 쉽지? 안 그러나?"

아저씨는 진심으로 엘리엇에게 부탁했다. 잠시 후 엘리엇은 난감하지만 이해한다는 표정으로 말했다.

"아저씨가 이렇게 하시는 이유를 잘 모르겠지만, 어쨌든 저도 아저씨 때문에 이곳에 정착했으니 말씀하신 대로 할게요. 저는 걱정 마시고 이 녀석이나 말 좀 잘 들으라고 확실히 얘기해 놓으세요. 그나저나 칼슨이 이 녀석을 받아줄지 모르겠네…."

아저씨는 엘리엇에게 귓속말로 무슨 말을 하더니 내가 차고 있던 목줄을 넘겨주었다. 그러고는 다시 나를 바라보며 속삭였다.

"이 사람 말 잘 듣고 이곳에서 많은 경험과 자신감을 쌓아야 한다. 알았지?"

엘리엇은 아저씨에게 다정히 인사한 뒤 내 목줄을 잡고 분장실을 거칠게 뛰어나갔다. 나는 영문도 모른 채 엘리엇의 손에

이끌려 뒷문 하나를 더 통과한 뒤 거대한 창고 같은 곳에 들어
갔다. 비행기 격납고처럼 생긴 건물은 높고 넓었으며 주위는 쥐
죽은 듯 조용했다. 엘리엇은 의미심장한 눈빛으로 나를 쳐다보
고는 내 목줄을 두세 번 잡아당기더니 목소리를 바꾸며 말했다.

"자, 이 녀석아! 이제부터 내가 네 주인이다. 그러니 내 말
잘 들어야 한다. 알았어? 만약 내 말 안 듣고 말썽 부리면 옆 건
물에 있는 북극곰 우리에 간식으로 넣어 버릴 거야. 그러니까
내 말 명심해야 해."

엘리엇은 자신이 나의 주인인 양 여러 차례 목줄을 잡아당
겼다. 나는 그런 엘리엇의 강압적인 태도에 의식적으로 고개를
이리저리 흔들고 저항했다.

"아니, 저한테 왜 이러시는 거예요? 저는 단지 쇼를 보려고
온 것뿐이에요. 이거 해도 너무하시잖아요."

엘리엇은 당황한 목소리로 대답했다.

"무슨 소리를 하는 거야? 너는 쇼를 보러 온
게 아니라 쇼를 하러 온 거야! 지금부터는 오
로지 너만의 쇼를 위해 생각하고 행동해야
해. 널 기다리는 수많은 관객을 생각해 봐!
정신 바짝 차리고 이번 기회에 너의 그 썩어
빠진 생각들도 모두 정리해 버리라고!"

알레한드로 아저씨가 엘리엇에게 무슨 말을 했는지 알 수 없었지만 주위의 분위기는 나를 점점 주눅 들게 만들었다. 엘리엇과 내가 들어오기 전부터 건물 안에는 이미 또 다른 사람이 팔짱을 끼고 우리를 지켜보고 있었다. 까만 얼굴에 머리가 희끗해 보이는 남자가 구석에 앉아 아무런 말없이 우리의 대화를 엿듣고 있었다. 그의 모습을 자세히 보니 추운 날씨에 적응이 안 되었는지 두꺼운 오리털 옷을 빵빵하게 껴입은 듯했다. 그러나 가까이에서 보니 그것은 옷이 아니라 근육이었다. 그는 입에 문 담배를 바닥에 던져 장화로 밟아 끄며 엘리엇에게 귀찮다는 듯 쏘아붙였다.

"뭔 일이야!"

엘리엇은 조금 상기되고 겁먹은 표정으로 그에게 말했다.

"이번에 우리와 같이 공연을 하게 될 친구인데, 이 친구는 쇼에 대해서 아는 게 아무것도 없어. 그러니 자네가 이 친구에게 균형 잡는 방법을 좀 알려 줘. 난 지금 공연하러 나가야 해서 시간이 없거든."

남자는 나를 위아래로 훑어보더니 엘리엇을 성난 눈빛으로 쏘아보았다. 그리고 고개를 이리저리 흔들며 안 된다는 표정을 지었다. 그러나 엘리엇은 단호한 목소리로 이야기했다.

"안 돼! 세 시간 후에 이 친구와 공연을 해야 한단 말이야. 그때까지는 무슨 일이 있어도 무대 위에 올려놓아야 해. 알레한드로 아저씨가 꼭 부탁하셨다고!"

엘리엇은 그 이야기를 끝으로 뒤돌아 도망치듯 나가 버렸다. 갑자기 분위기가 냉랭해지며 얼마간 공백이 흘렀다. 어색한 상황에서 내가 먼저 말을 꺼냈다.

"저기… 제가 마음에 안 드시면 가르쳐 주지 않으셔도 돼요. 어차피 저는 쇼를 구경하러 온 것이었으니까요. 제가 직접 쇼를 하지 않아도 실망하지 않을 테니 저에 대한 부담감이나 적대감은 느끼지 않으셨으면 해요."

나는 남자에게 부담을 갖지 말라고 얘기했지만 그는 오히려 퉁명스럽게 쏘아붙이며 말했다.

"이봐! 엘리엇이 자네를 어떻게 소개했어도 나는 자네를 가르칠 마음이 전혀 없었을 거야. 다만 알레한드로 아저씨가 나에게 베푼 은혜를 생각해서 고민하는 것뿐이라고. 알기나 하고 떠들어 대란 말이야!"

그의 근엄하고 묵직한 소리에 나는 다시 잠자코 있었다. 잠시 후 남자는 큰 결심이라도 한 듯 내 앞으로 성큼성큼 다가와 악수를 청했다. 그리고 다시 이야기를 시작했다.

"자네가 자신감을 갖고 있다는 것을 자네 자신과 알레한드로 아저씨에게 당당히 증명해 보이고 싶지 않은가? 그럼 지금부터 내가 시키는 대로 해야 해. 어떤 일이 있어도 나를 믿고 끝까지 따라올 수 있겠나?"

"네."

"나는 칼슨이라고 하네. 조금 전에도 말했지만 알레한드로 아저씨와는 아주 막역한 사이지. 그분이 안 계셨다면 오늘날의 이 칼슨은 없었을 테니 말이야…."

나는 칼슨의 이야기처럼 자신감을 찾고 싶다고 말했으며 내가 무엇을 해야 하는지 물어보았다. 칼슨의 과거에 대해서도 궁금했지만 서두르는 그의 표정과 말투 때문에 어쩔 수 없이 그가 하는 이야기에만 집중했다.

"우리에게 주어진 시간이 촉박하니 우선 가장 기본부터 시작해 보겠네. 첫 번째, 모든 공연의 기본은 수직과 수평이지. 즉 중심을 잡는 것이네. 마치 우리가 인생을 헤쳐 나갈 때 단단히 중심을 잡고 나아가야 하듯이 쇼의 기본 역시 중심 잡기라네. 이걸 배우려면 줄타기만 한 것이 없어. 자네가 돌고래 쇼를 하거나 다른 어떤 묘기를 부려도 기본은 변하지 않아. 자, 앞으로 나와서 이 줄에 한번 올라가 보게!"

어느새 나는 건물 꼭대기 기둥에 놓인 조그만 받침대 위에 걸터앉아 있었고, 내 양쪽 어깨에는 무게추가 매달린 기다란 장대가 메어져 있었다. 허공에는 달랑 얇은 줄 하나만 달려 있었다. 밑을 내려다보니 천 길 낭떠러지처럼 까마득해 보였다. 나는 줄 위에서 남들이 봐도 민망할 쫄쫄이 레깅스를 입고 양손에 중심을 잡고 있는 칼슨의 모습을 보았다. 그는 두려움에 떨고 있는 나를 노려보더니 자기를 따라오라며 손짓했다.

"자네는 해낼 수 있어, 친구! 지금부터 '나는

할 수 있다!'가 아니라 '나는 한다!'라는 굳은
마음을 가져야 하네.

아래를 내려다보지 말고 자네가 밟고 가야 할 줄에 정신을
집중해야 해. 그리고 발과 허리에 힘을 주기 전에 어깨에 있는
무게추의 중심을 느끼며 평형을 유지해야 하네. 떨어질 거라는
생각으로 줄을 타면 중심을 잃을 거야. 반드시 해낸다는 자신
감으로 줄과 발 사이 간격에 집중해야 해. 나머지 잡생각이나
두려움 따위는 떨쳐버리라고!"

나는 앞발을 내밀고 다시 뒷발을 줄에 걸치려는데 순간 몸
이 기우뚱했다. 두려운 마음에 뒷발을 잽싸게 발판에 옮겨 놓
고 앞발을 뒤로 옮겼다. 이 광경을 지켜본 칼슨은 줄 위에서 여
유롭게 중심을 잡으며 소리쳤다.

"이봐! 조금만 더 가깝게 앞뒤 걸음을 좁혀서 움직여 봐! 양
쪽 눈은 줄 가운데 집중하고 몸과 다리는 계속해서 중심 잡을
생각으로 조금씩 움직이라고. 어깨에 힘을 빼고 한 발 한 발 천
천히 내딛는 거야!"

나는 칼슨의 말대로 앞뒤의 발 간격을 좁히며 양 눈은 줄 중
앙에 고정하고 두려운 마음을 떨쳐 버리려 애썼다. 그러나 좌
우로 흔들리는 줄을 보고 있자니 몸의 중심이고 뭐고 발걸음
을 뗄 여유조차 없었다. 나는 다시 뒷걸음질을 치며 줄에서 점
점 멀어져 갔다. 떨어져 죽을 수 있다는 극한의 두려움과 무조

건 앞으로 나아가야 한다는 강박감에 얼굴이 일그러졌다. 줄 줄 흐르는 땀 때문에 털 사이로 수증기가 모락모락 피어났다. 칼슨은 화가 난 듯 상기된 표정으로 두려움에 떨며 아무것도 못하는 나를 뚫어지게 쳐다보았다. 그러다가 또다시 큰 소리로 목청을 높여 재촉하기 시작했다.

"이봐! 눈을 크게 뜨고 고개를 똑바로 들어! 앞다리에 힘을 주고 자신 있게 한 걸음 한 걸음 중심을 잡고 걸어 보란 말이야!"

나는 기가 눌려 겁에 질린 목소리로 대답했다.

"아무리 노력해도 중심이 잡히질 않아요. 그리고 발에 상처 가 있어서 더 걷지도 못하겠어요. 그만둘래요. 왜 이런 짓을 해 야 하는 거죠? 도대체 내가 왜 여기 왔는지 모르겠어요. 이런 일이 나한테 무슨 도움이 되는지도 모르겠고요. 나에게 이따 위 짓은 어울리지 않아요."

저 멀리 줄 중간에 서 있던 칼슨은 측은한 표정으로 고개를 좌우로 흔들더니 조용한 목소리로 말했다.

"그런 나약한 마음으로 어떻게 이곳을 빠져나가겠나? 이곳 에서는 자신을 믿지 못하거나 두려움에 빠지면 아무것도 할 수 없어. 그 즉시 바닥으로 떨어지게 되어 있네. 자네가 운이 좋아 여기를 벗어난다 해도 모든 일에 그런 식으로 생각하고 행동한 다면 이 세상 어디에도 적응하지 못하고 사라질 걸세. 한 번 태 어난 인생 멋지고 보람되게 살아야 하지 않겠나? 자, 그러니 나 를 믿고 다시 시작해 보는 건 어떤가?"

내 장담하건대 이곳에서 떨어져도 절대 죽지 않아! 자신감을 가진 사람들이 처음부터 자신감을 갖고 태어났겠나? 그렇지 않아! 모두 실수를 통해 배우고 자신감이 생기는 거야. 이젠 두려움을 떨쳐 내고 새로운 도전을 해보는 거야!

이곳에서의 도전을 그나마 다행으로 알고 감사하게 생각해야 하네. 자네가 여기를 벗어나 겪어야 할 새로운 삶은 지금처럼 인위적으로 만들어진 쇼가 아니야. 자네의 인생은 대본도 스턴트도 리허설도 없이 그냥 시작되는 것이네. 아무것도 정해져 있지 않아. 그러니 이번 기회를 잡아야 해! 자넨 바뀔 수 있네! 자, 스스로 용기를 가지고 한 발 한 발 내딛어 보게나. 자넨 할 수 있어!"

나는 칼슨의 말에 두려움을 떨치고 용기를 내어 차근차근 발걸음을 옮겼다. 걸음을 옮길수록 자신감이 더해졌다. 그러나 칼슨에게 가까이 다가갔을 때 갑자기 중심을 잃고 앞발이 흔들리기 시작했다. 결국 발이 밑으로 빠져 줄에서 떨어지고 말았다. 한없이 떨어지는 와중에 바로 내 옆으로 칼슨이 떨어지는 모습도 보였다. 칼슨의 얼굴에는 잔잔한 미소가 번지고 있었다. 그리고 곧이어 그물에 출렁거리는 느낌이 들었다. 우리는 트램펄린 위의 뛰노는 아이처럼 안전그물 위에서 경중경중 날고 있었다.

칼슨은 그물에서 내려와 이번에는 줄이 두 개 묶인 장소로 나를 안내했다. 이 줄은 지면에서 불과 몇 십 센티미터밖에 떨어져 있지 않아 다칠 위험이 없었다. 또한 줄이 두 개로 연결 되어 있어 중심을 잡기에 무리가 없었다. 칼슨은 역시 이곳에서도 줄을 타보라고 말했다. 나는 줄 위를 걷는 데 여전히 익숙지 않았지만 더 이상 힘들거나 두렵지 않았다. 떨어져도 다치지 않는다는 것을 알았기 때문이다. 줄이 두 개여서 중심을 잡기도 수월했다. 그리고 무엇보다 자신감이 생겨서 마음이 편했다. 나를 지켜보던 칼슨은 부드럽게 이야기했다.

"그 어떤 고통스러운 순간이 다가와도 자네가 움켜쥐고 있는 자신감의 끈은 절대로 놓지 말게. 그것이 사업의 끈이든 직업의 끈이든 혹은 생명의 끈이든 우리 주위에는 이런 끈들이 얽히고설켜 있다네. 우리가 이 끈을 놓을 때 운명은 자네에게 또 다른 장난을 칠거야. 우리가 끈을 포기하고 놓아 버릴 때마다 또 다른 운명이 우리를 질투하고 괴롭힐 것이네. 최악의 시련이 다가오더라도 그것을 포기하지 않고 계속 지탱할 수 있는 사람을 우리는 끈기 있는 사람이라 부르지. 끈기 있는 사람은 인내심이 많은 사람이며 끈기가 있는 사람만이 인생을 지속할 수 있다네. 끝까지 갈 수 있다는 진정한 용기가 있는 사람이야말로 최후에 성공할 수 있는 사람이지.

비록 한두 가지 일에 실패했어도 중간에 포기하고 실망하며 체념하는 나약한 인간은 되지 말게. 안타깝게도 그렇게 실족한 사람들을 이곳에서 셀 수 없이 보았어. 그들이 조금만 더 붙잡고 놓지 않았다면 최후에는 성공할 수 있었을 텐데 말이야. 거의 다 왔는데 그 조금을 못 참아서 실패하는 사람들을 너무나 많이 보아 왔단 말이네… '이건 누가 봐도 끝장났어!' '이 정도 버텼으면 잘한 거야.' '할 만큼 했으니 쉬어도 괜찮아.' 이런 말들이 자네를 유혹할 수 있네. 하지만 자네가 이따위 의미 없는 격려와 공치사를 들으려고 험한 인생길을 걸어온 것은 아니지 않나. 자네는 이 길의 끝을 보려고 온 것이지 격려나 위로 따위에 함몰되려고 온 것이 아닐세. 마라톤을 할 때 저 언덕 위에 바로 결승점이 보이는데 주저앉을 수 있나? 그렇게는 못할 거야. 어떠한 경우라도 끝까지 해낸다는 자신감이 있으면 길이 없는 곳에서도 길을 찾을 수 있고, 또 필요하다면 그 길을 만들 수도 있다네. 부족한 것은 돈도 시간도 운명도 아닐세."

인내심을 갖고 꾸준히 길을 걷는다면 목표 지점에 닿을 수 있다는 칼슨의 말에 동감하며 감사의 인사를 전했다. 그는 머쓱해진 얼굴을 하며 다시 말을 이어 갔다.

"자네, 두려움이란 무엇인줄 아는가? 두려움은 아무것도 아니라네. 두려움은 허상이란 말일세. 두려움이란 과거에 지나간 일들을 가지고 미래에 있을 괴로움을 현재에 적용하는 아주 바보 같은 망상이라네.

그래서 두려움이란 그것을 생각하는 사람이 느끼는 아주 형편없고 단순한 하나의 요식행위일 뿐이네. 형식 그 이상도 이하도 아니란 거지. 그것이 현실에 적용된다고 착각하지 말라는 이야기일세. 통계적으로 우리가 느끼는 두려움의 90퍼센트는 실제로 일어나지 않는 일이고 7퍼센트는 거의 근접하지만 이것 역시 실체와 결합되지 않는다고 하네. 나머지 3퍼센트만이 결과와 부합되어 나타난다고 하지. 인생의 97퍼센트는 자네의 행복과 생각대로 움직일 것인데 고작 3퍼센트의 확률에 기대어 삶을 망쳐 버릴 것인가? 이제부터 두려움은 거들떠보지도 말게나. 아예 갈아엎어 버리라고! 인생은 너무 짧고 빠르게 흘러가서 자네의 게으름과 두려움을 감싸 주고 다독일 시간이 없어. 간혹 자네 주위에 스트레스, 분노, 괴로움으로 인생을 낭비하는 사람들이 있겠지만 자네만큼은 속히 그 상황에서 벗어나야 한다는 것을 명심하게…."

칼슨은 이야기를 마치고 고난이도의 줄타기 연습과 로데오 놀이기구처럼 생긴 모형 소에서 중심 잡는 방법 등을 알려 준 뒤 처음 엘리엇과 만났던 분장실로 데려다주었다. 키가 작고 뚱뚱한 엘리엇은 얼굴에 하얀 분가루를 바르며 거울 반대편에서 나와 칼슨을 번갈아 가며 힐끗힐끗 쳐다보았다. 그는 너무 오래 입어서 헤진 런닝 사이로 삐져나온 배를 만지작거리며 우리를 의심스러운 눈빛으로 바라보았다.

"이제 이 친구 무대에 올려도 되겠나? 자네, 줄에서 안 떨어지고 중심 잡는 법은 확실히 배운 건가? 자신 있나 모르겠어."

나와 칼슨은 아무 말 없이 엘리엇이 하는 이야기를 조용히 듣고 있었다. 엘리엇이 의심의 눈초리로 또 다른 말을 시작하려 하자 칼슨이 단번에 말을 잘랐다.

"이 친구는 이미 준비가 되었어. 그러니 쓸데없는 걱정은 집어치우고 무대에 올려 주게나."

엘리엇은 통이 넓고 동그란 삐에로 바지를 주섬주섬 입더니 바지 윗부분에 멜빵 고리를 고정했다. 그는 멜빵끈 사이에 엄지손가락을 끼우고 반복적으로 위아래로 움직였다. 아무래도 내가 상당히 의심스러운 눈치였다. 곧이어 그는 시계를 한 번 쳐다보고 금박 재킷을 서둘러 입은 뒤 거울을 한 번 쳐다보았다. 그러고는 뒤돌아서서 심각한 얼굴로 이야기했다.

"지금이라도 늦지 않았어. 자신 없으면 포기하고 무대에서 내려가도 돼. 자네가 그런다고 뭐라고 할 사람 아무도 없어."

나는 고개를 설레설레 저으며 포기하지 않겠다고 말했다. 그러자 엘리엇은 조금 안심된다는 표정으로 이야기했다.

"이 시간 후로 더 이상의 연습은 없어. 이제 자네 스스로 마음을 가다듬고 관객들 앞에 당당히 서야 해. 하지만 누구나 처음에는 얼굴이 빨개지고 어색한 경우가 대부분이야. 그러니 너무 창피해하거나 주눅 들지 않아도 돼…."

엘리엇은 시계를 한 번 더 쳐다보고는 뚱뚱한 몸을 이끌고 재빠른 걸음으로 무대에 올라갔다. 그는 고개를 돌려 내게 속삭이듯 말했다.

"조금 후 내가 '진돗개 나와!' 하면 뛰어나와야 해. 알았지?"

그는 스포트라이트가 펼쳐지는 무대 속으로 급히 뛰어나갔다. 드디어 무대의 막이 오르고 흥겨운 음악 소리가 공연장에 우렁차게 울려 퍼졌다. 스피커에서 엘리엇의 목소리가 들려왔고 엘리엇이 누군가를 소개할 때마다 박수 소리가 연이어 터져 나왔다. 나는 무대 뒤에서 엘리엇의 모습을 긴장감 있게 지켜보았다. 객석에 앉아 있는 사람들은 거의 대부분 어린아이였다. 부모님과 함께 온 아이들과 유치원에서 단체로 온 꼬마 손님들이 구름 떼처럼 몰려 있었다. 어린 친구들은 너 나 할 것 없이 재잘거리며 눈망울을 동그랗게 뜨고 기대에 찬 표정으로 앉아 있었다. 간혹 솜사탕이나 핫도그를 나누어 먹는 아이들도 눈에 띄었다.

엘리엇은 널따란 돌고래 수영장 가장자리에 섰고 그 앞에는 돌고래 네 마리가 지시를 기다리듯 옹기종기 줄지어 모여들었다. 엘리엇은 양손을 흔들며 객석을 향해 장난스러운 말투로 소리쳤다.

"여러분, 우리 동물 친구들 아주 예쁘죠?"

"네에!"

관람석에서 아이들의 천진난만한 목소리가 들려왔다. 엘리엇은 들뜬 목소리로 풀장 속 돌고래들에게 활기차게 이야기했다.

"얘들아, 오늘 우리 어린이 친구들에게 아주 멋진 공연을 보여 주자. 자신 있지?"

돌고래들은 그의 말을 알아들었다는 듯 고개를 내밀며 염소울음 같은 소리로 연달아 대답했다. 그 광경을 본 어린이들은 신기하고 재미있다는 듯 웃고 떠들어 댔다. 엘리엇은 분위기가 무르익은 사이 마이크를 들고 무대 단상 위로 올라갔다. 그러고는 팔을 높이 쳐들며 조련사들을 큰 소리로 불러냈다.

"조련사 여러분, 나와 주십시오!"

다시금 웅장한 음악이 터져 나오며 무대의 좌우측에 있는 조련사들이 돌고래가 있는 수영장으로 뛰어들었다. 이를 지켜본 아이들은 계속해서 놀랍다는 표정을 지으며 열심히 환호했다. 조련사들은 신나는 음악에 춤을 추며 돌고래 등에 올라서서 이리저리 수영장을 돌아다녔다. 돌고래들은 조련사들과 함께 물속으로 뛰어들더니 갑자기 그들을 물 밖으로 튕겨 냈다. 때를 맞춰 조련사들은 공중제비를 두 번 구른 후 무대 앞에 안정적으로 착지했다. 이 모습을 지켜본 어른과 아이들은 소리를 지르고 박수를 치면서 조련사들을 환호해 주었다.

조련사는 돌고래들을 발 앞으로 모았고 검정색 잠수복에 달린 모이 주머니에서 물고기 조각을 꺼내 돌고래들에게 주었다. 그리고 다시 돌고래들에게 손짓으로 무언가를 지시했다. 곧이어 돌고래들은 조련사의 지시에 따라 물 위에 떠올라서 뒷걸음질 치는 묘기를 보여 주었다. 그 모습은 마치 마이클 잭슨의 문워크 댄스 같았다. 꼬마 관람객들은 더욱 흥이 나서 소리치고 일어나 호응했다. 그 사이 돌고래들은 다시 조련사들에게 무리

지어 돌아가 물고기 조각을 받아먹었다.

더욱 흥겨운 음악이 흘러나왔고 단상 위에 있던 엘리엇은 율동을 하며 무대 위를 뛰어다녔다. 그 사이 조련사들은 또다시 다이빙을 하여 물속에 들어갔고 돌고래들은 이번에도 조련사들의 뒤를 따라 들어갔다. 한 조련사가 돌고래의 배지느러미를 잡고 돌고래와 물 위에서 빙글빙글 돌며 블루스를 추고 있는 사이 다른 조련사는 돌고래의 등지느러미를 잡고 수영장 주위를 빠른 속도로 질주했다. 관람석 분위기는 정점을 향해 치달고 있었다. 그때 엘리엇이 마이크를 다시 부여잡고 무대 단상에서 상기된 모습으로 목청을 높였다.

"어린이 관객 여러분, 재미있나요?"

"네!"

엘리엇은 오른손 손바닥을 펴서 귀에 갖다 대며 다시 한 번 물었다.

"여러분 정말 재미있나요?"

"네에!"

음악 소리가 작아지고 소란스러웠던 장내가 고요해지더니 조명이 사방을 연하게 비추었다. 무대 중앙에 선 엘리엇은 관람객을 향해 또렷하게 말했다.

"오늘 이곳에 오신 관객 여러분은 상당히 운이 좋으신 겁니다. 여러분은 오늘 세계 최초로 돌고래를 타는 신비한 동물을 보게 될 것입니다."

객석은 더욱 조용해졌고 엘리엇은 단상에서 내려와 관객과의 거리를 좁히며 마이크에 천천히 입을 갖다 대었다.

"혹시 여러분은 텔레비전에서 스케이트보드를 타는 개를 본 적 있나요?"

"네!"

"텔레비전에서 낙하산을 타고 하늘을 나는 개도 보신 분이 있겠죠?"

"네에!"

"하지만! 돌고래를 타는 개를 보신 적 있나요?"

"아니요!"

"자, 여러분! 제가 오늘 그 특별하고 놀라운 개를 이 무대에 올려 보겠습니다. 여러분 우레와 같은 박수를 부탁드립니다. 진돗개 나와!"

엘리엇은 나를 거창하게 소개하며 큰 소리로 불러냈다. 나는 얼떨결에 무대 중앙으로 뛰어나갔다. 막상 무대에 서니 얼굴이 화끈거렸다. 내가 창피해하는 모습이 걱정스러웠는지 무대 뒤에 있던 칼슨이 상냥한 말투로 나를 다독여 주었다.

"이봐, 친구! 너무 걱정하지 마. 처음엔 누구나 다 그렇게 견디는 거야. 그러니 마음 편히 가져. 조금 후에 내가 '뛰어!' 하고 신호를 보내면 자네는 저 물속으로 그냥 뛰어들기만 하면 되는 거야. 자, 조금 있다가 신호를 줄 테니 기다려. 반드시 두려움을 용기로 바꿀 수 있는 자신감을 가져야 해!"

시끄러운 음악 소리와 주위의 산란한 불빛에 정신이 혼란스러웠지만 나는 칼슨을 주시했다. 얼마간의 시간이 흐른 뒤 드디어 칼슨이 인상을 찡그리며 신호를 보냈다.

"뛰어!"

나는 그 소리를 들었지만 주저하다가 타이밍을 놓치고 말았다. 물속에 뛰어드는 순간 차가운 물에 빠져 죽거나 돌고래들과 부딪쳐 다칠 것 같은 막연한 공포감이 들었다. 관객은 신경 쓰이지도 않았다. 그렇게 두려움에 한참을 고민하며 괴로워하고 있을 때 객석에서 나를 바라보는 강렬한 눈빛이 느껴졌다. 알레한드로 아저씨였다. 아저씨의 눈빛은 나에게 단호히 말하고 있었다.

'언제까지 그렇게 두려움에 떨고 있을 거야? 힘을 내! 용기를 가지고 도전해서 너 스스로의 인생을 살란 말이다!'

그의 눈빛은 나를 강하게 밀어붙이고 있었다. 정신을 가다듬고 아저씨를 다시 보았다. 아저씨의 눈빛은 내 앞에 놓인 두려움과 공포를 신경 쓸 필요 없다고 말하고 있었다. 그 순간 나는 새로운 삶을 살기로 선택했다면 그것을 반드시 끌고 나가야 한다는 생각이 들었다. 칼슨의 두 번째 "뛰어!" 소리가 들려왔다.

나는 그 소리가 떨어지기 무섭게 수영장 한가운데를 향해 힘껏 몸을 던졌다. 내 머릿속에는 유년 시절부터 지금까지 살아온 날들이 파노라마처럼 펼쳐졌다. 머리가 점점 새하얀 백지로 변하더니 정신을 잃었다. 나는 또다시 환상의 세계로 빠져들고 있었다.

뜨거운 여름, 작열하는 햇살 아래 하얀색 승용차 한 대가 불같은 열기를 뿜으며 길가에 서 있다. 운전석에 내 모습이 보였다. 메마른 에어컨 공기를 얼마나 쐬었는지 답답한 얼굴로 창문을 내리며 밖을 내다보고 있었다. 차창 밖에는 이글거리는 아스팔트 위로 봄날의 아지랑이보다 강렬한 열기가 하늘로 치솟고 있었다. 내 왼손 검지와 중지 사이에 끼워 있는 담배는 다 타버려 꽁지만 남아 있었다. 담배를 길바닥에 힘없이 떨어뜨리고 두 손으로 핸들을 꽉 잡았다. 표정 없는 얼굴에는 상실감이 깃들어 있었고 동시에 브레이크를 잡고 있던 오른발은 위치를 옮겨 엑셀을 지그시 누르고 있었다.

평일 오전 열한 시의 분당 도심은 한산했다. 나는 서현동과 수내동 사이의 도로 한 귀퉁이에 차를 세우고 신호등이 녹색으로 바뀌기를 기다렸다. 왕복 팔차선 도로에는 거리가 한산한 틈을 타 신호를 무시하고 달리는 트럭이나 버스가 한두 대가 아니었다. 분당에서 십 년을 근무한 나는 이곳의 교통상황을 손바닥 보듯 꿰고 있었다. 내 승용차가 주차되어 있는 거리는 잎이 풍성한 가로수 때문에 가로로 달리는 대형차들이 우측에서 튀어나오는 자동차를 볼 수 없었다. 반대로 세로로 코너에 진입하는 내 차는 좌측에서 달려오는 버스나 트럭이 확연히 보였다. 나는 속으로 결심했다.

'그래, 가자! 영원히 사라지자! 이렇게 살아서 뭐하나? 빨리 가자, 가!'

지난번 마포대교에서 몸을 던지려다 실패했을 때가 떠올랐다. 나는 죽고 싶었지만 그냥 허무하게 죽고 싶지는 않았다. 내가 사기를 당하고 줄곧 생각해 낸 것은 생명보험과 자동차 사고보험이었다. 당분간 가족이 편하게 먹고살 거라는 희망으로 죽음을 설계한 것이다. 어느덧 녹색 신호등이 점멸하기를 십여 차례. 드디어 기회가 왔다. 신호등이 켜짐과 동시에 저 멀리 트럭이 신호를 무시하고 전속력으로 달려오고 있었다. 나는 때를 기다리며 손발에 힘을 주었다. 조금 후면 우당탕 소리와 함께 내 몸은 시공간에서 사라질 것이었다. 백 킬로미터 이상의 속력으로 달려오는 트럭은 제 아무리 급브레이크를 밟아도 가속도 때문에 내가 있는 곳까지 제대로 설 수 없을 터였다. 핸들을 두 손으로 꽉 잡고 오른발로 액셀을 눌렀다. 그런데 순간 자동차 보닛 앞에 희미한 실루엣 그림자가 나타났다.

나는 재빨리 액셀에서 발을 떼고 브레이크를 밟았다. 사고 처리 기록에 또 다른 의심 사건을 만들면 안 되었고 복잡한 조사과정을 겪으며 시간을 허비하고 싶지 않았기 때문이다. 낮은 속도에서 급브레이크를 밟았지만 관성에 의해 차와 함께 고개가 앞으로 출렁이며 핸들 윗부분에 이마를 살짝 부딪쳤다. 놀란 가슴에 고개를 들어 앞을 보니 아련한 실루엣이 점점 더 선명하게 내 앞으로 다가왔다.

어머니였다…. 내가 군대를 제대하고 마지막으로 본 모습 그대로였다. 사랑하는 어머니가 승용차를 가로막으며 서 계셨던 것이다. 그리고 나에게 다가와 따뜻한 목소리로 말씀하셨다.

"아들아, 잘 지내고 있었니? 우리 아들, 요즘 힘든 일이 너무 많은 게로구나…. 아들아 지금부터라도 외로이 자책하지 말고 네 자신이 이끌어 갈 수 없는 문제가 있거든 차라리 답답하고 무거운 심경을 잠시 내려놓거라. 편안히 시간 가는 대로 맡겨 버리는 것도 괜찮아. 정말 힘든 일이 생겨도 당연하다는 듯, 아무 일 없다는 듯 태연하게 버티는 평정심을 가져 보렴. 그리고 외로움, 자괴감, 복수심 때문에 너의 인생을 구렁텅이로 몰고 가지 말거라. 우리 아들이 상황을 되돌아보고 스스로의 인생을 겸허하게 조정하면 좋겠어. 네가 살아온 인생이 네 삶을 비추는 영화와 같다고 생각하면 되는 거야. 영사기의 필름이 엉키고 긁혀 있으면 어떻게 되겠니? 제아무리 멋있는 영화를 상영해 봐야 스크린에 투영된 모습이 제각각이거나 나중에는 끊어져서 영상이 다 사라질 거야. 그러니 잘못되고 삐뚤어진 마음의 필름을 새것으로 바꾸어 보렴. 그리고 세상을 평가할 때는 겸손함을 기준으로 네 자신을 평가하고 너그러움을 기준으로 남들을 평가하길 바란다. 누군가의 잘못으로 피해를 봤으면 인자한 마음으로 용서하고 만약 네가 누군가에게 피해를 입혔다면 반드시 참회의 마음으로 용서를 구해야 해. 아들아, 복수의 일념을 가슴에 묻어두고 불행한 인생을 살지 말았으면 좋겠다. 네가 가진 행복과 불행은 오로지 네 스스로 선택하는 것이란다. 그리고 새로운 인생을 다시 시작할 사람 역시 우리 아들이지…. 아들아, 엄마는 너를 믿는다. 그리고 영원히 사랑한단다. 너는 반드시 다시 일어설 수 있어. 그러니 포기하지 말고 네 앞에 주어진 역경을 당당히 헤쳐 나가렴….

나의 두 뺨에는 눈물이 하염없이 흘러내리고 있었다. 너무 많이 울어서 눈물이 코를 지나 기도를 타고 흘러들어 갔다. 기침이 나오면서 정신이 차츰 깨어났다. 이윽고 얼음장 같은 돌고래 풀장의 물결이 이마에 부딪치고 짜디짠 바닷물이 입가를 적셨다. 물속에서 눈을 떠보니 잿빛 등지느러미를 움직이는 돌고래 한 마리가 청순하고 까만 눈망울로 내게 윙크를 했다. 돌고래는 나를 뾰족한 주둥이로 들어 올려 허공에 뿌리듯 던졌다. 나는 정신을 차리려고 머리를 숙여 서너 차례 흔들었다. 내가 물속에 다시 들어가면 또 다른 녀석이 나를 공중에 높이 올렸다. 온몸의 피가 거꾸로 쏠리는 듯했다. 이렇게 서로 펑퐁 치듯 서너 번 높은 곳에서 허우적거리고 있을 때 관람객의 행복한 눈빛과 웃음이 보였다. 그들은 박수를 치며 즐거운 시간을 보내고 있었다. 물속으로 또다시 처박혔을 때 나는 돌고래들에게 소리쳤다.

"이 녀석들, 똑바로 안 해?"

말을 알아들었는지 돌고래들은 나를 옆구리 사이에 끼우고 자기들끼리 몸을 밀착시켰다. 나는 어쩔 수 없이 그들 틈 사이로 빠져나와 돌고래 등 위에 올라섰다. 나를 태운 돌고래들은 빠른 속도로 수영장 주변을 돌아다녔다. 이 광경을 주시하던 엘리엇은 흥분이 가시지 않은 목소리로 말했다.

"자! 여러분 어떻습니까? 우리 진돗개에게 다시 한 번 우레와 같은 박수를 부탁드려요!"

박수 소리가 사방에서 터져 나왔고 나는 얼떨결에 돌고래 등 위에서 어중간한 자세로 박수갈채를 받았다. 돌고래들은 나를 다시 무대 가장자리에 내려 주었다. 나는 무대 중앙으로 빠르게 걸어 나갔다. 관람객들은 나에게 박수와 휘파람을 불며 인사해 주었다. 난생 처음 받아 보는 엄청난 환대에 기분이 들떴다. 그런데 내가 감사의 인사를 하는 사이 갑자기 객석 조명이 꺼지며 음악 소리가 멈추었다. 주위는 다시 적막감이 맴돌았고 수영장의 천장에서 불이 활활 붙은 훌라후프 모양의 원형 고리가 내려왔다. 어두워진 틈을 타 칼슨은 다시 나를 돌고래 쪽으로 안내했다. 스피커에는 엘리엇의 긴장감 도는 목소리가 타고 나왔다.

"여러분! 이제 이번 공연의 하이라이트입니다. 저 원형 불구

덩이 속으로 우리 진돗개가 용감히 뛰어듭니다. 그리고 다시 돌고래 등에 정확히 착지하는 고난도 묘기를 보여 드릴 것입니다."

조용했던 공연장 안에 북소리가 두둥두둥 울리고, 나를 태운 돌고래는 불타는 원형 고리를 향해 빠른 속도로 질주하고 있었다. 그리고 칼슨의 "뛰어!" 소리가 또다시 들려왔다. 이번에는 망설임 없이 돌고래 등을 딛고 일어나 원형 고리의 중앙으로 몸을 날렸다. 그리고 무사히 통과하여 다시 돌고래 등 위에 정확히 안착했다….

박진감 넘치는 순간이 지나고 어느새 관람석에는 경이로운 호응과 박수 소리가 쏟아졌다. 나는 뭔가 해냈다는 성취감을 안고 무대 중앙에 다시 올라섰다. 무대 위에는 이미 묘기를 끝낸 조련사들과 엘리엇이 나를 반겨 주고 있었다. 엘리엇은 흥분되고 신난 말투로 관람객들에게 우리를 연거푸 자랑하며 돌아다녔다. 우리 역시 관람객들에게 인사를 했다. 무대의 막은 조용히 내려오고 있었다.

* * *

해양관의 조명이 흐릿해지고 어린이 관람객들이 상기된 표정으로 객석을 빠져나가고 있을 무렵, 엘리엇과 칼슨도 무대 뒤로 물러가며 서로 인사를 주고받았다. 그러는 사이 알레한드로 아저씨가 나타났다. 아저씨는 밝은 표정으로 다가와 내 머리를 쓰다듬으며 칭찬해 주었다.

"용기 있는 자네의 행동에 감동했네. 이젠 자네도 자신감이 뭔지 알았을 것 같군. 하지만 너무 기뻐하지는 말게. 지금보다 더 크고 의미 있는 일들을 경험하고 느낄 수 있는 기회가 많을 테니까. 첫술에 배부를 수는 없어. 앞으로 차근차근 자네의 역량을 발휘하다 보면 더 큰 자신감을 갖게 될 것이네. 어쨌거나 오늘 참 잘했어, 친구."

아저씨는 주위를 둘러보며 분장실 거울 앞에 서 있는 두 사람에게 다가갔다. 칼슨과 엘리엇이었다. 그들은 서로 가벼운 포옹을 하고 몇 마디 말을 나누더니 곧바로 등을 돌리고 헤어졌다. 알레한드로 아저씨는 나를 보고 여전히 웃고 있었지만 뒤에 있는 칼슨과 엘리엇은 눈물을 훔치고 있었다. 분장을 한 엘리엇의 눈가에는 검정색 마스카라가 까맣게 번져 있었다. 나는 그들에게 뛰어가 용기와 자신감을 가르쳐 주어 진심으로 감사하다고 말했다. 그들은 나를 대견하게 바라보며 이곳에서의 일들을 교훈 삼아 어떠한 경우라도 자신의 가능성을 믿고 즉각적으로 행동하라며 또 한 번 용기를 심어 주었다. 그러더니 나를 한 번씩 번갈아 안고 작별의 손을 흔들었다. 그들은 아저씨와 내가 해양관을 빠져나갈 때까지 지켜봐 주었다.

우리는 해양관 정문을 걸어 나와 매표소 계단을 지나 노천

카페에 자리를 잡았다. 태양은 이미 산등성이에 걸려 있었고 역시나 집으로 돌아가려는 사람들이 삼삼오오 짝을 이루고 있었다. 머리 위로 유유히 지나가는 스카이리프트에 탑승한 사람들은 오늘 있었던 일을 생각하는지 물든 노을을 바라보며 저마다 행복한 감상에 젖어들었다. 카페 매장 안으로 들어간 아저씨는 아메리카노 두 잔과 속이 딱딱한 베이글 한 개를 쟁반 위에 담았다. 자세히 보니 빵 위에는 하얀 크림치즈가 두툼히 발라져 있었다. 아저씨는 음식을 차려 놓고 따뜻한 커피를 주며 정겹게 이야기했다.

"자네, 술 담배 끊고 난 후 커피를 무척 좋아하게 되었지? 자, 한잔 마셔봐…."

갓 내린 진한 커피향이 내 코끝을 휘감았으며 커피를 한 모금 마시자 그 풍미가 더해 갔다. 마치 열대의 바닐라 꽃향기를 담아 놓은 듯 감미로웠다. 우리는 저물어 가는 태양을 보며 서서히 커피에 취해 갔다. 아저씨는 따뜻한 커피 잔을 손바닥에 올려놓으며 조용히 말했다.

"자네는 조금 전 해양관에서 자신감이 무엇인지 어설프게나마 느꼈을 거야. 하지만 중간에 많이 혼란스러웠지? 자신감이란 때로는 과감할 줄 알아야 해. 자네가 실패를 생각하는 순간 자네의 목표와 자신감은 깨어질지도 몰라. 내가 알고 있는 성공한 사람들은 본인이 실패하거나 망한다는 생각을 하지 않았네. 그들이 자네처럼 두렵지 않아서 그랬을까? 아니야. 그들은 두려움을 딛고 올라서서 두려움의 정점에 성공이라는 깃발을 꽂았던 거야. 그들이라고 대번에 성공하고 실패 없이 편안한 삶을 영위했다고 생각하는가? 그들도 당연히 실수하고 힘든 일들을 겪었지만 두려움이나 실패를 걱정하지 않았다는 것이 자네와 다른 점이지. 자네도 이 기류에 당당히 합류하려면 실패니 실망이니 하며 이것저것 핑계대지 말아야 해. 안 된다는 생각을 버리고 모든 일을 성실하게 시작해야 하네…."

아저씨는 커피를 한 모금 더 마신 후 나를 바라보았다. 피곤하고 지친 표정이 깃들어 있었지만 눈빛만큼은 강렬했다. 아저씨는 나를 주시하며 계속 이야기했다.

"자신의 삶을 제대로 사는 사람은 수만 가지 일을 성공시키지만, 그에 반해 실패도 수만 가지라네. 그러나 그 모든 실패 가운데 가장 손해가 막심하고 한심한 경우가 무엇이냐 하면, 아무런 시도도 해보지 못하고 당하는 실패라네. '나는 집안이 변변치 못하고 실력도 없어.' '나는 그 일을 할 준비가 되어 있지 않아.' '나는 돈이 없어서 이 일을 하기가 두려워.' '굳이 이 일을 왜 해야 해? 지금도 괜찮은데…' 이렇게 두렵고 힘들고 안 된다는 생각만 하면, 더군다나 자괴감에 얽매어 살아간다면 자네의 자리는 계속 그 자리거나 아니면 그 자리조차 서서히 사라질 것이네. 가끔은 남들의 질타를 견뎌 내고 자신이 저지른 실수도 감내하고 인정해야 하네. 마음속에 또아리를 틀고 있는 두려움에 당당히 맞서야 하네. 자네가 어떤 사람인지 스스로 생각해 보고 자네가 무엇을 할 수 있는지를 찾아보게. 그리고 자네가 진정 하고 싶은 일이 무엇인지도 알아보아야 하네. 할 수 있는 일을 매일매일 묵묵히 실행하고 정성을 다해 나아가기를 바라네."

나는 아저씨의 말을 마음속 깊이 새겨 넣었다. 지금까지 살아온 내 삶을 면밀히 돌아보았지만 정작 나를 위해 나만의 일을 선택해 본 경우는 거의 없는 것 같았다. 이곳에서 나를 돌아보는 시간은 천금같이 귀했다. 지난날 잘못되었던 나의 거짓된 모습을 반성하고 두려움에 맞선 인생에 대해 절실히 생각해 보는 중요한 기회이기도 했다.

제3부

10

주위는 어느새 땅거미가 지고 있었다. 알레한드로 아저씨는 아무런 말 없이 다시 사라지고 없었다. 나는 고요한 거리를 비추는 가로등을 벗 삼아 커피 향기를 음미하며 두려움에 대해 결론을 내렸다. 생각해 보니 지금껏 두려운 상황 때문에 두려웠던 것이 아니라 그 상황을 두렵게 만드는 내 생각 때문에 두려웠던 것이다….

산등성이에는 보름달이 밝게 비추고 있었으며 어디에선가 늑대들의 울음소리가 산허리에 구성지게 메아리쳤다. 나는 식은 커피를 마저 마신 뒤 구슬프게 들려오는 늑대들의 소리를 쫓아 발걸음을 옮겼다. 늑대들 앞에 다가갔을 때 그들은 나를 본체도 안 하고 서로 어깨와 머리를 맞대며 합창을 하고 있었다.

"워오~ 우우우우."

구성진 소리에 나도 모르게 마음이 동하여 같이 소리를 냈다. 진돗개가 늑대의 후손이라 그런지 제법 호흡이 잘 맞았다. 그들과 한참을 정겹게 노래 부르고 있는데, 어두운 실내 방사장 안에서 커다란 늑대 한 마리가 뛰어나왔다. 신나게 노래를 부르던 늑대들은 즉각 합창을 멈추고 큰 늑대 앞에 누워 하얀 배를 내밀며 앞발을 핥았다. 일종의 존경의 표시 같았다.

그가 으르렁 거리자 일순간 무리가 실내로 뛰어 들어갔고 적막한 가로등 아래에 늑대와 나만 쇠창살을 사이에 두고 조용히 서 있었다. 나는 늑대를 당당히 바라보았다. 그는 달빛에 반사되어 빛나는 푸른 눈을 나에게 고정시키고 말문을 열었다.

"자네는 아직 이곳에 있을 주제가 못 되는 것 같은데, 어째서 이 척척박사님 앞에서 기웃거리는가?"

늑대는 안 좋은 감정이 있는 것처럼 비꼬는 듯한 말투로 이야기했다. 그러나 나는 늑대에게 공손한 태도를 보이며 이곳에서 들리는 노랫소리가 좋아서 무심코 들렀다고 설명했다. 그러자 척척박사 늑대는 그 소리는 노래가 아니라 무리의 의사소통 방식이라고 설명해 주었다.

"방금 전 자네가 들었던 '워우우우' 소리는 노래가 아니라 우리가 외로울 때나 동족을 부를 때 내는 소리네. 또한 단체로 사냥을 나가거나 누군가 위험에 처해 있을 때도 그런 소리를 내지. 그리고 으르렁 거리는 소리는 누군가를 경계하거나 화가 난 상태에서 내는 소리네. 거칠게 이빨을 부딪치며 짓는 소리는 위협을 주거나 공격을 한다는 뜻이지. 마지막으로 깨갱거리는 소리는 배가 고프거나 아프다는 의미야. 그런데 자네는 우리와 비슷한 동족이면서도 우리의 소리를 전혀 이해하지 못하는군."

나는 척척박사 늑대에게 간략하게 나의 상황을 설명해 주었다. 내가 여기에 오게 된 이유와 그간 만난 동물들 그리고 이곳에서 나의 인생을 새로 시작할 것이며, 자신감을 만들어 가는 것이 목적이라고 설명했다. 나는 척척박사 늑대에게 틈을 주지 않고 곧바로 질문했다. 나를 이곳에 초대한 것이 누구인지, 혹시 알레한드로 아저씨에 대해 아는 것이 있는지, 동물원에서 얼마나 지내야 새로운 삶을 계획할 수 있는지 물었다. 그 외에 수많은 의구심이 들었지만 자칭 척척박사라고 하는 늑대라도 답하기 힘든 것이 있을 것 같아 거기까지만 물었다. 늑대는 고개를 절레절레 저으며 황당하다는 듯 말했다.

"자네의 궁금증에 대해 잘 들었네. 우선 내 이름은 드미트리일세. 넓은 시베리아 벌판이 우리의 고향이지. 음… 자네의 궁금증 중에 두 가지는 확실히 말해 줄 수 있네. 첫 번째는 누가 자네를 이곳에 초대한 것이 아니라 자네의 내면세계가 자네를 이곳에 초대한 것이라네. 나머지 하나는 알레한드로 아저씨에 관한 이야기인데, 그는 자네가 두려움과 외로움에 빠져 있을 때 자네 다음으로 이곳에 오게 만든 장본인이지. 더 중요한 것은 그가 공원 관리자나 청소부가 아니라는 거야. 그분은 이 공원의 모든 것일 수도 있고 이 공원과 아무 관련이 없을 수도 있어. 누구도 그의 본모습을 본 적이 없으니 말이야. 그냥 좋은 사람으로 알아 두는 게 나을 거야…"

나는 알레한드로 아저씨에 대해 궁금한 점이 많았지만 드미트리 역시 아저씨에 대한 정보가 많지 않은 것 같아 더 이상 묻지 않았다. 그래서 나의 내면세계가 나를 이곳에 인도했다는 첫 번째 대답에 대한 자세한 설명을 부탁했다. 드미트리는 조금 귀찮다는 표정으로 말했다.

"자네는 아직도 자신이 무엇을 원하는지, 무슨 일을 하고 있는지 모르면서 이곳을 쏘다니고 있는 것인가? 그런 관점에서 본다면 자네는 조금 더 경험을 쌓고 배워야 할 것 같네. 내 그런 의미에서 이런 이야기를 들려주고 싶어. 코우만 여사가 쓴 책에 나오는 '달싹둥이'라는 말을 들어본 적 있는가? 나비라는 곤충은 누에고치 상태에서 인고의 세월을 지나 누에 껍질을 스스로 찢고 나와야 하네. 만약 이 과정에서 누군가가 인위적으로 고치를 찢어 주면 수월하게 나올 수는 있지. 그러나 그럴 경우 날개가 작아지고 날지 못해 평생 장애를 안고 살다 죽어 버린다고 해. 사람들은 그런 나비를 달싹둥이라 부른다네. 나비가 제대로 된 삶을 살기 위해서는 스스로의 노력으로 고치를 찢고 나와야 하는데, 그 과정이 너무나 힘들고 어렵다는 거야. 하지만 그런 과정을 극복해야만 온몸에 피가 돌아서 날개가 펴지고 날개를 움직일 근육이 만들어지는 거지.

자네의 운명도 마찬가지 아닐까? 자네는 현실 파악에 대한 솔직한 반성이나 생각 없이, 그렇다고 미래에 대한 준비도 없이 뭐가 안 된다느니, 현실이 달라진 것이 없다느니 하는 것인가? 더군다나 자네는 행복하지 않은 인생을 무조건 남 탓으로 핑계대지만 그건 자네가 어떻게 인생을 살고 있는지, 필요한 것이 무엇인지 모르는 자네 탓이란 걸 알아야 해. 그리고 자네가 보내는 시간이 힘들기만 하고 아무 의미 없다는 생각을 버려야 해. 힘든 시간에는 반드시 의미가 있고, 그 시간을 인내하면 자네를 다시 힘 있는 상태로 돌려놓는다는 진리를 알았으면 좋겠네. 다시 말하지만 지금 자네가 견뎌야 할 원망스럽고 두려운 순간들, 참고 부딪쳐야 하는 고통스러운 상황들, 지금은 아무런 의미 없이 흘러간다고 생각하는 보잘것없는 시간들이 나중에는 소중한 결실로 자네 앞에 나타날 것이네.

이곳에서 자네가 새로운 삶을 시작하는 기틀을 만드는 데 얼마만큼의 기간이 필요한지 예측할 수는 없지만, 시간은 그리 중요치 않아. 자넨 그 능력을 이미 갖고 있으니까. 비록 개의 신분이지만 자네가 이곳에서 절망스러운 환경을 극복하고 부정적인 생각을 이겨 낼 때 자네의 시간은 새롭게 시작될 것이네.

겸손한 마음을 갖고 무엇이든 실질적으로 행동하려는 의지만이 자네를 진실의 길로 인도할 거야. 자네가 이곳에서 더 알아야 할 것은 배운 것을 현실에 즉각 적용하는 '실천 의식'이라네."

드미트리는 점잖은 목소리로 이야기를 마치고 작별 인사를 한 후 굴속으로 들어가 버렸다. 나는 드미트리가 해준 충고를 가슴속에 새기며 반성과 감사의 인사를 전했다. 언제라도 나에게 덤벼 올 수 있는 시련에 대비하고 의연한 자신감을 갖고 살아가라는 의미로 받아들였다. 늑대 방사장에서 걸어 나온 후 생각을 정리할 겸 사슴길 산책로를 걸었다. 그간 교만하고 한심하게 살아온 내 인생을 돌아보니 창피한 마음이 들었다. 지금껏 동물 친구들에게 여러 경험과 조언을 들었지만, 그중 마음속에 남는 것 두 가지만 꼽으라면 '겸손'과 '자신감'이었다. 굳이 남들에게 잘 보이려고 행동하지 않아도 나 스스로 낮추고 겸손하게 행동하면 모두가 좋은 결과를 얻었을 터였다. 겸손한 마음으로 세상을 진실하게 대해야 한다는 것을 다시 한 번 깨우치는 시간이었다. "자신감이 칼이라면 겸손은 칼집"이라는 명언을 되새기며 행동하고 실천할 것이라 다짐했다.

* * *

무심히 하늘을 보고 걷고 있는데 어느새 알레한드로 아저씨가 옆에 다가와 있었다. 시원한 솔바람 부는 오솔길이 오늘따라 더 정겹게 느껴졌다. 길의 끝에 이르니 김소월 시인을 기리는 안내 표지가 나왔다. 나는 어디로 가야 할지 물으려고 아저씨 얼굴을 쳐다보았다. 그런데 전과 다르게 아저씨는 몹시 수척해 보였다.

"아저씨, 혹시 어디 편찮으세요?"

아저씨는 이전보다 늙고 지친 표정이었다. 그러나 아저씨는 대답 없이 나를 물끄러미 바라보더니 조용히 자신의 이야기를 시작했다.

"앞으로 자네와 이전처럼 많이 만나지는 못할 거야. 그래도 자네는 이곳에서 많은 경험과 배움을 얻었을 거라 생각하네. 여기서 얼마간 더 둘러보고 자네가 이곳을 벗어나야 될지 아니면 또 다른 결정을 해야 할지 선택해야 하네. 아마 자네라면 현명하게 잘 선택할 거야… 자네 스스로 이곳을 벗어난다면 더할 나위 없이 좋겠지만 다른 결정을 해야 한다면 수많은 변화가 있을 수 있으니 남은 시간 동안 성실한 마음으로 모든 것을 마주하고 또한 더욱 겸손해져야 하네…"

나는 이곳을 벗어나는 문제보다 아저씨의 첫 말이 너무나 안타까워 부탁하듯 말했다.

"어딜 가시겠다고 이런 말씀을 하시는 거예요? 아저씨, 아직 둘러볼 곳도 많이 남아 있고… 그리고 더 중요한 건 아저씨가 계셔야 제가 안심하고 돌아다닐 수 있잖아요. 그러니 제발 부탁드려요. 제가 이곳을 떠날 때까지 꼭 같이 있어 주세요. 네?"

아저씨는 전에도 종종 그랬지만 동행을 부탁하는 간청에는 무심한 듯 보였다. 그는 앞만 보고 걷다가 지친 표정을 지으며 길 아래쪽 허름한 벤치에 털썩 주저앉았다. 아저씨는 나에게 엷은 미소를 지어 보이더니 힘없는 목소리로 말했다.

"나도 소싯적에는 자네처럼 가진 모든 것을 잃어버린 적이 있었지. 하지만 지금 생각해 보면 그 말의 의미는 조금 다듬을 필요가 있어. 정말 모든 것은 아니었으니까. 그래서 잃어버린 것들을 한번 생각해 보았지. 그래야 내가 가지고 있던 것이 무엇인지 알 수 있을 것 같았어. 곰곰이 생각해 보니 많은 것을 잃어버렸지만 그중에 가장 아쉬웠던 건 바로 인간관계였다네. 돈이나 명예, 지위 같은 것은 시간이 지나면 금방 잊히는데 이 인간관계라는 것은 아무리 오래 살아도 잊히지가 않는 거야. 그리고 그 관계가 생각보다 심오하고 복잡하다는 것을 깨달았지. 인간관계라는 것은 단순하지 않아. 인생이 직선과 곡선으로만 이루어져 있다고 생각하는 사람이 더러 있는 것 같은데, 내 생각은 조금 다르네.

예를 들어 인생의 '오르막 내리막' 혹은 '탄탄대로'라는 말이 있잖아. 틀린 말은 아니지만 좀더 면밀히 생각해 보니 인간관계란 흡사 철인 오종경기에 출전하는 선수와 비슷하다는 것을 알게 되었네. 심장이 터지도록 뜀박질하다가 자전거를 타고 장거리 도로를 주행한 후 요트에 승선하여 항해한 다음 다시 바다에 뛰어들어 상어의 위협을 무릅쓰고 목적지까지 헤엄쳐 가는 거지. 거기에 하늘에서 박진감 넘치는 치열한 패러글라이딩 경기를 펼치는 것이라네. 관계 속에서도 모든 일이 이처럼 위험하고 복잡한 과정을 겪는 게 아닐까 싶어. 대부분의 사람은 이런 힘든 경기를 할 때 포기하고 주저앉는 경우가 비일비재하다네.

어두운 방구석에 틀어박혀 세상을 원망하거나 남들의 위로와 도움을 구걸하지. 그것조차 잘 되지 않으면 세상을 떠나고 싶어 하기도 해. 누구처럼 말이야. 괴롭고 힘들 때도 물론 있을 게야. 그리고 대부분 사람들의 한계는 거기까지밖에 되지 않아. 하지만 자신을 극복한 사람들은 다른 사람이 위로와 도움을 주기 전에 먼저 자기 자신부터 추스르지. 그들은 스스로 격려하고 용서하고 위로하며 용기를 북돋아 준다네.

그러니 지금부터 내 말을 반드시 마음에 새기게. 사실 내가 이곳 서울대공원에 자네를 안내한 것은 이 이야기를 전해 주기 위함이었네. 바로 '용서'라네. 자네는 이 말을 기억하고 실천하기 위해 이 자리까지 온 게야. 다른 것은 모조리 잃어버려도 이 용서라는 단어만큼은 마음속에 영원히 간직하고 살아야 하네. 나도 한때는 용서를 피의자가 피해자에게 무릎 꿇고 두 손 싹싹 빌며 애원하는 정도로 생각했어. 그러면 피해자가 피의자에게 마치 중세 시대 기사 작위라도 내리듯 '내가 기꺼이 용서해 주마' 하고 너그러운 몸짓으로 마무리하는 정도로 생각했지. 하지만 이 같은 상황들이 용서의 절대적인 방법이 아니라는 것을 시간이 지나서야 알게 되었다네. 진정한 용서는 어떠한 경우라도 용서하는 끝없는 희생이라네. 망설임 없이 용서하는 행위를 말하지.

나는 사실 용서라는 단어 자체가 마음속에 없었어. 오로지 분노, 원망, 복수에만 집착했지. 그리고 나에게 불행과 실망을 안겨 준 사람에게 내가 받은 고통의 수십 배로 갚아 주려고 했어. 맹세코 용서하려는 마음은 절대로 없었다네. 또한 피의자가 내게 무릎을 꿇고 용서를 구하지 않았기 때문에 더더욱 용서할 마음이 없었네. 그렇게 몇 년을 복수와 원망을 품고 살다가 결국엔 거리를 떠도는 노숙자가 되었어. 그러고 나서 부질없는 인생을 포기하려던 차에 마지막으로 들어온 곳이 바로 이곳 서울대공원이라네…. 나 역시 자네와 마찬가지로 동물원에서 많은 일을 경험하며 뉘우치고 배웠네. 그리고 결심했지. 내가 진정으로 새로운 인생을 살고자 한다면 그 첫 번째가 마음속에 맺힌 복수와 원망을 떨쳐 버리고 용서해야 한다는 것을….

결국 나 자신이 평안해지기 위해 용서하는 것이네. 용서야말로 내가 세상에 품은 증오와 회한을 깨끗하게 청소해 줄 수 있는 중요한 열쇠야.

자네도 가슴에 품고 있는 억울함과 분노, 복수의 생각을 풀어 주어야 해. 그런 것들과 같이 지내는 서글픈 상황을 생각해 보게나. 자네가 그런 생각들로 인생을 한탄할 때 반대편에 서 있는 원망의 대상들, 다시 말해 자네의 피의자들은 자네에게 행한 배신과 음모와 독설을 조금도 생각하고 있지 않을 거야. 피의자들은 자네가 미칠 듯이 원통해하고 그야말로 죽을 정도의 고통과 분노에 이르러도 그 침울하고 비통한 심정을 모르고 있다는 것이네. 자, 잘 생각해 보게나. 지금 내가 하는 말이 더 화날 수도 있겠지만 용서하는 행동이란 원래 그런 것이야. 성질이 날수록 더 그 마음을 잊고 용서해야 한다는 것이지. 피의자들과 맺은 연을 끊고 마음속으로 용서해야 하네. 심지어 피의자들이 자네의 용서가 필요 없다고 소리치더라도 자네만큼은 그들을 꼭 용서하기 바라네. 자네는 드높은 창공을 마음껏 날아다니는 새처럼 자유로운 사람이지. 분노와 복수의 틀에 얽매여 스스로를 구속하는 바보가 아니란 말일세. 그런 것들의 노예가 되어서는 현명하게 판단할 수 없을뿐더러 오히려 화를 자초할 뿐이야.

그러니 지금부터라도 용서하는 마음을 생활화하고 책임감 있게 받아들여야 하네. 그리고 그렇게 행동하기 위해서는 우선 자신을 용서해야 하네. 그 후에 다른 사람이나 상황을 용서할 수 있는 거야. 자네는 어쩔 수 없는 상황에서 마지못해 용서하는 것이 아니라 자네 자신을 위해 용서하라는 것이라네. 인생의 참된 행복을 담보로 용서하는 것이지⋯ 이제 모든 것을 대면할 때 용서에 대한 기준을 바꿔야 하네. 즉 어떤 대상을 용서할지 용서하지 말지가 아니라, 내가 용서할 것인지 용서를 구할 것인지 구분해야 한다는 뜻이지. 이 말을 명심하고 진심으로 따라야 한다는 것을 잊지 말게나, 친구⋯."

나는 용서라는 말을 듣기 전까지는 뭔가 마음 한구석이 허

전했다. 그러나 알레한드로 아저씨가 용서라는 말을 꺼내자마자 마음이 뭉클해졌다. 삶에 대한 의미가 더욱 새로워졌고 인생이 현실감 있게 다가왔다. 분노와 복수를 마음에 품고 행동한다면 나 자신에게 더 불리한 결과만 돌아올 뿐이다. 남들에 대한 원망과 분노가 있다면, 용서는 하되 잘못된 일은 냉정하게 되풀이하지 말아야 한다. 용서하면 원망과 분노를 멀리 떠나보낼 수 있다. 용서는 다른 사람을 위한 선심성 요식 행위가 아니라 나를 위한 자기성찰의 도구다….

아저씨는 핏기 없는 얼굴로 힘겹게 말을 이어 갔다.

"자, 내가 자네에게 해줄 수 있는 말은 여기까지네. 자네가 지금까지 포기하지 않고 나와 이 길을 걷고 있다는 사실만으로도 자네는 상당히 많이 온 것이네. 하지만 나머지 길을 걸어가는 것 역시 자네의 몫이야. 부디 끝까지 완주해서 뜻하는 바를 이루기 바라네. 참, 자네가 잘하는 것이 하나 있어. 그건 바로 인내의 끈을 놓지 않는 것일세. 앞으로도 끈기 있게 자네만의 길을 만들어 가야 하네. 자넨 두려움을 용기로 바꿀 수 있는 사람이야. 운명이 자네를 도와준다면 우리는 또 볼 수 있을 게야. 전에도 말했지만 너무 실망도, 너무 낙관도 하지 말게. 그럼 남은 시간 참되고 의미 있는 여행되기를 기도하겠네."

그 후 우리는 자리에서 일어나 삼림욕장 둘레길을 아무 말 없이 걸었다. 사자 전망대 앞에 다가선 아저씨는 나에게 마지막으로 서울대공원의 동물을 소개해 주겠다며 조그만 샛길을 귓속말로 알려 주었다. 우리는 두 갈래 길에서 말없이 깊은 포옹을 했다. 나는 아저씨가 사라질 때까지 조용히 그의 뒷모습을 바라보았다. 아저씨와 헤어지는 것이 너무나 슬펐지만 다시 볼 수 있다는 희망으로 눈물을 흘리지는 않았다. 무엇이든 원하고 바라는 것이 있다면, 그리고 정성을 다해 끝까지 기도하면 목적은 이루어질 것이다. 우리는 반드시 다시 만날 것이다….

11

나는 아저씨가 알려 준 좁은 길을 따라 천천히 내려갔다. 그 길은 코끼리 사육장으로 가는 길이었는데, 오래 전 아내와 함께 걸었던 서울대공원의 오솔길이 아니었다. 나는 의심스러운 마음으로 길 초입에 발을 들여놓았다. 코끼리 사육장 입구에 들어서자 드넓은 광장이 펼쳐졌다. 실내는 바깥의 찬 공기와 달리 후텁지근했다. 사람들은 반팔 옷을 입고 어른 아이 할 것 없이 기다란 막대 아이스크림을 입에 하나씩 물고 다녔다. 새로 생긴듯한 거대한 분수대는 굵고 세찬 물줄기를 하늘 높이 뻗치며 주위 사람들에게 청량감을 주고 있었다.

나는 분수대를 가로질러 집체만 한 바위 덩이에 둘러싸인 너른 공터를 발견했다. 그곳에서 코끼리들은 한가로이 풀을 뜯고 있었다. 사람들과 코끼리 사이의 경계는 둘러지지 않았다. 코끼리 근처에서 뛰어다니는 아이들이 위험해 보였지만 이내 그

것이 기우라는 것을 알았다. 그들은 서로 얼굴을 마주보고 깔깔거리며 대화를 나누고 있었다.

거대한 바위틈에서 주위를 둘러보고 있는데 한 귀퉁이에서 조그만 그림자가 비춰 왔다. 나는 털을 곤두세우고 긴장감을 유지하면서 바위 사이로 뭔가가 삐져나오는 것을 지켜보았다. 처음에는 뱀인 줄 알고 깜짝 놀랐는데, 그 뒤에 거대한 몸집의 코끼리가 큰 귀를 펄럭거리며 덩치에 걸맞지 않게 사뿐사뿐 걸어나왔다. 육중한 코끼리는 내 앞에 다가와 말을 걸었다.

"안녕하신가, 친구. 내가 나타나서 적잖이 놀랐을 텐데 걱정은 하지 않아도 되네. 우선 내 소개를 하지. 나는 로이스라고 해. 알레한드로와 형제이면서 친구지간이기도 하지. 대부분의 사람은 나를 보고 아프리카에서 왔다고 생각하는데, 사실 내 고향은 파키스탄의 광활한 숲속이라네. 그곳에서 내가 태어났을 때가 파키스탄이 독립한 시기이니 내 나이가 얼추 칠십이 다 되어 가는군그래. 나도 이제 내 삶을 되돌아보고 정리하는 시간을 가져야 하는데, 이곳에 있으면서 본의 아니게 자네의 이야기가 전부 이 큰 귀에 들려와 자네에 대해 점점 궁금해졌어. 그래서 알레한드로에게 자네를 한번 보고 싶다고 얘기했지. 지금 이 상황이 조금 어색하기는 하지만 어쨌든 자네를 만났으니 잘됐지, 뭐. 안 그런가?"

알레한드로 아저씨가 코끼리와의 만남을 이야기하긴 했지만, 이런 어색한 공간과 상황에서 만날 것이라고는 예상하지 못했다. 하지만 누구를 만나든 이제 두려움과 슬픔보다는 용기와 기쁨으로 맞이하리라 마음먹었기 때문에 이번 만남도 기대가 되었다. 로이스는 이야기를 이어 가려는 듯 긴 코를 파르르 떨더니 자리를 잡았다.

"자네가 이곳에 와서 겪은 수많은 경험이 지금껏 살아온 과정과 다르다고 생각할지 모르지만 사실 따지고 보면 그리 다르지 않아. 정도의 차이만 있을 뿐 누구나 굴곡을 겪고 사는 건 매한가지라고 생각하네. 단지 표현하는 것만 다를 뿐이지. 욕구 실현을 위한 사상의 차이만 있을 뿐 본성을 파헤쳐 보면 힘들게 살아가는 것은 다들 마찬가지란 뜻이야. 그러니 그런 관점에서 내 이야기를 들어봐 주면 좋겠네. 내가 겪어 온 인생과 자네가 살아온 인생이 그리 차이가 없다는 것을 말이야. 동물원에서 자네의 목소리와 이야기를 들을 때마다 좋은 것도 있었지만 대부분 아쉽고 안타까운 것들이 많았어. 그래서 이 늙은이가 자네에게 무언가 도움 줄 수 있는 게 없을까 생각해 보았지. 결론은 자네가 내 경험을 듣고 본인에게 도움이 된다면 그보다 더 기쁜 일이 아닐 수 없다고 생각했네. 이야기를 시작할 테니 한번 들어 보겠나?"

"네!"

"이 친구 대답 하나는 시원시원해서 좋구먼. 내 고향은 조금 전에도 말했지만 인도에서 독립한 파키스탄의 라호르라는 곳이야. 그때만 해도 자연 생태계가 잘 유지되어 있어서 여러 동물이 행복하게 어울리며 살았어. 그중 제일 무서웠던 놈은 호랑이였는데 지금은 잘 안 보인다고 하더군. 호랑이 뼈가 인간들 신경통에 좋다고 소문나면서 모습을 감췄다고 하더라고. 어쨌든 나 또한 어린 시절부터 지금 자네가 생각하는 것처럼 세상은 불공평하고 눈 감으면 코 베어 가는 무서운 곳이라 생각했네. 아주 어린 시절만 빼놓고 말이야. 물론 자네도 그랬겠지만 아주 어린 시절 부모님에 대해 생각해 보면 행복하고 좋은 기억들로 가득하지. 특히 우리 아버지는 내가 태어나자마자 첫째라고 얼마나 잘해 주셨는지 몰라. 우리 형제들 중 나를 가장 아끼고 좋아해 주셨어. 원래 코끼리들 세계에서는 인간과 대조적으로 엄마가 대가족을 이끌어 가는데 우리 집은 달랐다네. 아버지가 엄마를 대신해 가족을 이끌어 가셨지. 그만큼 어머니를 매우 사랑하셨던 거야.

그러나 아버지는 대자연의 섭리에 어긋나는 코끼리 생활을 유지하다가 서서히 지치고 힘겨워하셨어. 그래서 때로는 매섭게 야단도 치셨지만 그건 우리를 강하게 키우려고 하신 거였어. 아버지는 정말 우리 가족을 위해 열심히 사셨네. 항상 자식들을 위해 모든 희생을 감수하셨어. 아버지는 가족과 영역을 지키기 위해 인간들과 매일 피나는 전쟁을 하셨네. 인간들이 쳐 놓은 울타리를 부수고 가족과 이웃 코끼리들을 구하려고 얼마나 노력하셨는지 몰라. 지금도 아버지가 울타리를 부수며 하신 말씀이 너무나 생생해. 아버지는 이렇게 말씀하셨어.

'로이스, 너에게도 이런 어려운 일이 주기적으로 닥칠 수 있단다. 그러나 힘들다고 생각하거나 혹은 자랑스러운 일이라고 생각할 필요 없단다. 다만 침착하게 주어진 일을 묵묵히 완수한다고 생각해야 돼. 괴로움도 교만도 경계해야 하는 거야. 그냥 숲길을 지나치다 나뭇가지에 긁힌 콧등 상처 하나쯤으로 여겨야 한단다. 세상을 오래 산 지혜로운 코끼리들의 코에는 상처가 수백 개씩은 있을 테니까⋯.'

아버지는 그 외에도 수많은 훌륭한 이야기를 나에게 말씀해주셨네. 정말 중요한 이야기들이었지.

그러던 어느 날 아버지와 나와 동생은 여느 때처럼 가족들과 무리의 영역을 지키기 위해 인간들이 쳐놓은 울타리를 치우고 있었어. 그런데 어디선가 '탕' 하는 소리가 들리는 거야. 총성에 놀란 우리 가족과 이웃들은 영문도 모른 채 우왕좌왕 뿔뿔이 흩어졌어. 내 옆에 계시던 아버지는 왼쪽 얼굴에 검붉은 피를 흘리며 아무 말 없이 누워 계셨지. 아버지 밑에서 울타리 치우는 것을 도와주던 동생은 쓰러진 아버지의 몸에 발이 끼어 옴짝달싹 못했어. 나 역시 당황한 나머지 갑자기 일어나 철조망에 목과 코가 끼었어. 빠져나오려고 발버둥쳤지만 철조망은 오히려 내 목을 조여와 꼼짝 못하게 돼버렸지 뭐야. 지금도 생생해. 그 와중에 우리 형제는 쓰러진 아버지를 일으키려고 코로 얼굴을 두드리며 어서 일어나라고 말했어. 이미 돌아가신 줄도 모르고 말이야…"

나는 로이스 아저씨의 슬픈 이야기를 들으며 그의 눈에 눈물이 맺힌 것을 바라보았다. 그는 한동안 말없이 서 있었고 나는 슬픈 기억이 되살아난다면 무리하게 이야기하지 않아도 된다고 말씀드렸다. 그러나 로이스 아저씨는 괜찮다며 그것도 자신의 인생을 돌아보는 계기가 된다고 한사코 이야기를 이어 갔다.

"얼마 후 인간들이 떼거지로 몰려왔어. 어떤 놈은 한 손에 총을 들고 어떤 놈은 칼을 들고 또 어떤 놈들은 쇠사슬과 밧줄을 어깨에 둘러메고 뛰어왔지. 그 후에 어떤 일이 일어났는지는 기억하고 싶지 않아. 인간들은 우리 아버지의 어금니 상아가 필요했던 거야. 그들이 아버지 얼굴에 한 짓을 생각하면 견딜 수가 없네. 너무 가혹하고 잔인한 짓이었어…"

나는 사람들의 잔악무도한 짓에 치가 떨리고 분통이 났지만 아저씨는 오히려 자신의 긴 코로 내 어깨를 두드리며 나를 진정시켜 주었다.

"동생과 나는 발이 쇠사슬에 묶여 인간 세상에 처참히 끌려갔지. 우리가 제일 처음 당한 일이 무엇인 줄 아는가? 내가 만든 이름이지만… 나는 그것을 '말뚝교화형'이라 부른다네. 인간들은 작렬하는 땡볕 한가운데 거대한 말뚝을 박아 놓고 나와 동생의 발을 튼튼한 쇠사슬로 묶었어. 그들은 우리가 겨우 숨 쉴 수 있을 정도의 음식과 물을 주고 팔 개월 이상을 땡볕 아래에 묶어 놓았지. 자네도 이런 말 들어보았을 거야. 서커스 또는 운반용 코끼리들을 훈련시킬 때 어린 코끼리를 잡아 뒷다리를 말뚝에 묶어 놓고 길들인다는 거 말일세. 그러면 어린 코끼리는 말뚝을 벗어날 수 없다는 반복된 학습 때문에 시간이 흘러 크고 힘센 코끼리가 되어도 말뚝을 뽑아 버리지 못한다는 거지. 심지어 인위적으로 말뚝을 뽑아도 평생 말뚝 주변을 벗어나지 못하고 서성거리며 살게 된 코끼리도 있었어…. 나와 동생이 그랬다네. 우리는 말뚝에 묶여 스스로 할 수 없다는 한계를 정해 놓고 힘이 강해졌을 때도 말뚝을 뽑지 못했어. 사실 우리 주위에는 기댈 곳이 아무것도 없었어. 가족도 친구도 없었지. 우리가 기댈 수 있는 곳은 오로지 말뚝뿐이었어. 그나마 말뚝에 묶여 있을 때는 물과 음식을 얻었으니 말이야.

동생과 나는 어린 시절을 그렇게 서글픈 마음으로 보냈어. 그리고 우리가 일할 수 있을 무렵부터는 정말 죽을 힘을 다해 노력했다네. 하루에 통나무를 수백 개씩 옮기고 때로는 석산에 가서 무거운 돌들을 날랐지. 하지만 우리가 가끔 실수라도 하는 날에는 주인이라는 사람이 동생과 나에게 호된 매질을 했어. 음식과 물도 주지 않았고…. 몸이 약한 동생이 아파 누워 있을 때는 동생을 보호하기 위해 매를 대신 맞기도 했어. 그런 날이면 동생과 마주 앉아 예전의 그 광활한 벌판과 풍성한 숲을 그리워하며 애달픈 눈물을 흘리곤 했지.

그러던 어느 날 동생은 엄마와 가족이 보고 싶다며 나에게 농장을 벗어나자고 말하는 거야. 하지만 나는 말뚝에 묶인 밧줄이 절대로 끊어지지 않을 거라며 만류했어. 동생 역시 밧줄이 튼튼할 것이라 생각했지만 그리운 가족들을 만나야 한다는 의지로 기회를 엿보고 있었지. 결국 동생은 탈출을 감행했고 묶여 있던 밧줄을 당당히 끊고 나에게 말했어.

'형! 형도 해봐. 형도 용기를 가지고 시도해 보란 말이야. 마음속에 안 된다는 생각은 모두 떨쳐 버리고 뒷발에 힘을 줘봐! 막상 해보니 별거 아니야, 형! 이제 우리는 엄마에게 갈 수 있어! 형은 할 수 있다고! 제발 두려움을 용기로 바꿀 수 있는 자신감을 가지란 말이야!'

나는 동생의 말에 용기를 얻어 뒷발에 힘을 주었네. 그러자 내 발에 묶인 밧줄이 너무나 맥없이 끊어져 버리는 거야. 그토록 오랫동안 안 될 것이라 생각했고 감히 시도조차 못했던 일을 해내자 너무 놀라고 기뻤어. 우리는 서로를 격려하며 철조망 앞으로 뛰어갔어.

그런데 동생이 철조망을 제거하려고 코를 내밀자마자 총소리가 들려 왔어. '탕!' 그 후의 상황은 말하지 않아도 알 거야.

힘없이 죽어 가던 동생은 눈물을 흘리며 간곡히 부탁했어. 부디 나만큼은 이런 곳에서 두려움에 떨며 자신을 학대하지 말라고. 그리고 꿈을 향해 당당히 도전하라고 말이야. 동생은 마지막으로 자유와 희망을 향해 언제나 깨어 있으라고 말한 후 하늘로 갔다네…. 그 후로 나는 몇 번이고 탈출을 시도했어. 당연히 주인아저씨는 탈출에 실패한 나를 늘 경계의 눈빛으로 보았지. 감시는 더욱 강화되었고 학대는 말할 것도 없었어. 나는 철근 콘크리트로 된 기둥에 굵은 쇠사슬로 묶여 있었네. 하지만 나는 그곳을 벗어날 때까지 탈출의 꿈을 키우며 매일매일 견뎠어. 몇 년 동안을…. 그러던 어느 날 주인아저씨와 또 다른 남자가 다가와 내 몸을 이리저리 훑어보는 거야. 곧이어 두 사람은 고개를 끄덕이며 서로 악수를 하고 헤어졌네. 그리고 다음 날 거대한 화물차가 들어와서 나를 태웠고 당시 주인과 악수했던 남자가 나에게 다가오며 반갑게 말을 걸었어. '안녕? 나는 알레한드로라고 해. 반갑다. 이제부터 우리는 아주 먼 길을 떠날 예정이야. 그러니 마음 단단히 먹고 인내심을 가져야 해. 또한 우리가 다시 만나는 그날까지 두려움을 용기로 바꿀 수 있는 자신감을 가져야 해. 알았지?'

그날 후로 이틀간 화물차를 타고 카라치 항구에 도착했다네. 그리고 또다시 배를 타고 약 이십오일 간 지루한 항해를 했어. 그리고 마지막으로 내린 곳이 바로 미국에서 두 번째로 큰 도시인 시카고였다네. 나는 그곳의 유명한 서커스단에 팔려 간

거였어. 그때가 십이월이었는데 시카고의 겨울은 정말 살을 에는 강추위였어. 견디기 매우 힘들었지. 나와 같이 팔려 온 기린은 결국 비참하게 죽고 말았어. 사람들은 기린이 추워서 얼어 죽었다고 생각했는데, 내가 보기에는 자살한 거였어. 그 친구는 팔려 온 그날부터 아무것도 먹지 않고 자신의 과거를 그리워하며 괴로워했지. 그러다 결국 자신감을 잃어버리고 불안에 떨더니 우울증으로 아무런 움직임도 보이지 않다가 죽어 버린 거야.

기린이 그렇게 된 후 나도 아버지와 동생의 죽음을 생각하며 외로움과 죄책감에 삶을 마감하려 했네. 하지만 이상하게도 그런 마음을 먹을 때마다 알레한드로가 머릿속에 떠오르면서 말을 시키더라고. 자신감을 가지라고 말이야. 그런 일이 여러 번 반복된 후에 내 마음속에는 자존감이 점점 싹트기 시작했어. 나는 자존감을 알게 된 후에야 살아야겠다는 마음이 생긴 거야. 그때부터 난 자각했지. 죄책감이나 열등감이 내면세계에 들어와서 주인 행세를 하기 때문에 결국에는 모든 걸 포기하게 되는 것이라고. 그때부터 난 그와 반대로 행동하며 살았어. 내 주인은 언제나 나 자신이라는 것을 항상 머릿속에 되새기며 살았지."

나는 로이스 아저씨의 이야기를 들으며 그의 놀라운 경험과 아픔에 경외심을 표했다. 아저씨의 경험은 교훈 이상의 의미로 다가왔으며, 더 나아가 외롭고 답답한 인생을 치유하는 심오한 뜻이 있는 듯했다. 아저씨의 이야기는 음미하면 음미할수록 더욱 신뢰가 갔다. 나는 그의 말을 놓치지 않으려고 귀를 쫑긋 세웠다. 이제 그는 편하게 앉아 여유 있는 얼굴로 이야기했다.

"내가 파키스탄 농장에서 괴롭고 힘든 나날을 보내고 있을 때 그나마 자신감을 갖게 된 건 동생이 죽으면서 이야기했던 것, 절대로 희망을 버리지 말라는 이야기였어. 적어도 나는 탈출을 시도하는 것을 실패하지는 않았으니까. 진정한 실패는 아무 행동도 안 해보고 마음속에서만 머무르는 것이라고 생각하네. 실패의 반대말이 무엇이라고 생각하는가? 바로 겸손이라네. 겸손의 반대말은 교만이고. 교만하지 않고 자신의 길을 성실하고 겸허히 가는 것이야말로 실패하지 않는 지름길이네. 설령 실패를 겪더라도 겸손한 마음으로 다시 그 길을 걸어간다면 반드시 성공이라는 문을 통과할 수 있을 거야. 나 역시 예전에는 나의 길을 충실히 걸어왔다고 자만했네. 내가 가는 길이 유일한 바른길이고 절대로 무너지지 않을 탄탄대로라 여기며 뒷짐을 지고 걸어갔지.

그러나 그 길의 중반에 들어설 무렵 나는 그 길이 탄탄대로가 아니라 가시밭길이란 걸 알게 되었어. 그 길에서 한없이 허우적거릴 때 나는 교만이라는 것이 얼마나 무섭고 한심한지 깨달았지. 나는 튼튼한 길이 아니라 두려움, 게으름, 죄책감의 허름하고 부실한 다리를 건너고 있었던 거야. 그 다리는 곧 맥없이 무너져 버렸지. 우리는 어리석게도 잘못된 길을 끝까지 가봐야 그것이 잘못이었다는 걸 깨닫는 것 같네. 그것이 겉으로만 화려한 교만이며 아둔한 몸부림의 향연이었음을 꼭 눈으로 확인해 보고야 아는 것이지…. 이곳에서의 시간이 얼마나 남아 있는지 모르겠지만 자네의 지나간 과거를 깊이 반성하고 다시 시작하는 마음으로 인생을 새롭게 써나가길 바라네."

로이스 아저씨는 자신의 과거를 빗대어 나에게 인생철학을 전해 주고 있었다. 나는 깊은 감명을 받으며 점점 그의 내면세계로 들어갔다. 아저씨는 이리저리 움직이며 편한 자세로 고쳐 앉더니 다시 이야기를 시작했다.

"흔히들 서커스 하면 피에로가 나와서 저글링을 하거나 사자와 호랑이가 재주를 부리는 정도로 생각하지. 그러나 서커스야말로 치열한 경쟁의 도가니라네. 그곳은 즐거움뿐 아니라 슬픔과 괴로움도 공존하는 인간 사회와 비슷하지. 우리가 관객들의 웃음과 재미와 호기심을 이끌어 내지 못한다면 쓸모없는 신세가 되어 버린다네. 맹수들처럼 덩치가 크고 비용이 많이 드는 동물이라면 더욱 심각하지. 특히 사자나 호랑이 같은 친구들은 그들이 먹는 고기 값도 만만치 않지만 그들을 감시하고 운반하는 비용이 더 많이 든다네. 나 역시 그들에 비해 나을 것이 없었지만 말이야. 어쨌든 어느 날 호랑이가 훈련 중 조련사를 물어 죽이는 사건이 일어났어. 사실 그 조련사는 평소에 동물들을 무시하고 심하게 학대했었지. 마치 자기가 무슨 신이라도 되는 양 말이야. 그는 호랑이들이 마음에 안 든다고 매질까지 서슴없이 자행했네. 그러다가 결국 타시르라는 호랑이에게

목이 물려 죽은 거야.

　가뜩이나 서커스단 운영이 어려운데 맹수들을 관리하고 쇼에 출연해서 수익을 내야 하는 조련사를 죽였으니, 서커스단 입장에서는 호랑이들을 더 이상 데리고 있을 이유가 없어졌어. 그 사건이 있은 후 호랑이들은 아무도 모르게 조용히 사라지기 시작했네. 자네가 알고 있는지 모르겠지만 맹수들은 재능이나 수명이 다하면 갈 곳이 없다네. 심지어 동물원조차 그들을 받아주지 않아. 왜냐하면 기존에 살고 있던 맹수들과 어울리지 못하고 무리에서 문제를 일으키니까. 결국 그들은 개인 애호가들에게 은밀히 팔려 가거나 그것도 아니면 부지불식간에 죽음을 맞이한다네. 안타깝게도 타시르는 이미 지은 죄가 있어 팔려 가지도 못하고 주검으로 서커스단을 나가게 되었지….

　그런데 타시르가 안락사 되기 전날 밤 나는 우연히 그와 많은 이야기를 나누게 되었어. 살아온 이야기나 친구들에 대한 이야기를 하고 우정과 소망에 대해서도 많은 말들을 주고받았지. 나는 타시르와 이야기하면서 그의 유머러스한 말솜씨에 푹 빠져 버렸어. 어찌나 말을 재미있게 잘하던지…. 한참을 떠들다 그의 고향인 인도 펀자브 지방에 대해서도 들었네. 그리고 나는 세상이 정말 좁다는 생각을 했지. 우리는 서로 가족의 안부를 걱정하다 타시르가 국경을 오가며 나의 가족들과 함께 정글에서 살았다는 것을 알게 되었어. 알다시피 인간들에게나 국경이 있지 우리 동물들 사이에 국경이 있을 리 없잖아. 파키스탄의 라호르 지방과 인도 펀자브 지역은 서로 국경선을 맞대고 있었지만 동물끼리는 왕래가 자유로웠어. 타시르를 통해 우리 어머니가 건강하시다는 것과 내 누이동생이 결혼했다는 소식을 전해 들었어. 우리 가족 모두가 무사히 잘 지낸다는 얘기를 들었다네.

나는 단지 그 소식만 들었을 뿐인데 마음에 평화와 안식이 찾아오더라고. 그래서 우리는 밤을 지새우며 각자의 이야기를 나누게 되었고 바로 그날로 친구가 되어 버렸어. 비록 짧은 시간이었지만 마음속으로는 평생의 친구가 되었다네. 이윽고 날이 밝았고 죽음을 예감한 타시르는 끝까지 유머러스한 말투로 나에게 마지막 인사를 건넨 뒤 한 가지 부탁을 하더군. 인간은 죽어서 이름을 남기고 호랑이는 죽어서 가죽을 남긴다나 어쩐다나 하면서. 자기도 인간처럼 가죽보다는 이름을 남기고 싶다는 거야. 그래서 자기가 보이지 않으면 사람처럼 장례를 치러 달라고 했어. 단지 마음속으로 말이네…. 나는 그의 부탁에 흔쾌히 알았다고 했네. 비록 만난 지 하루밖에 되지 않았지만 친구가 되었으니 마음속에 내 친구 타시르의 비석을 세우고 묘비명도 직접 쓰겠다고 했지.

타시르와 난 그렇게 마지막 시간을 보내고 헤어졌어. 그리고 다음 날 오후 허름한 나무궤짝 하나가 밖으로 나가는 것을 보았네. 아귀가 잘 맞지 않은 궤짝의 한 귀퉁이에서 맥없이 처진 그의 꼬리를 보았지. 나는 그를 위해 마음의 장례를 치르기로 했어. 그리고 묘비명을 어떻게 적을까 고민했네. 생각해 보니 참

허탈하더군. 난 지금껏 각박하고 힘난한 인생을 살아오면서 '어떻게 살까?'라는 문제를 두고 수없이 고뇌하고 번민했는데, '어떻게 죽을까?'라는 생각은 살면서 한 번도 해본 적이 없던 거야. 하긴 당연히 죽음에 대해 심각하게 생각하고 싶은 동물이 어디 있겠나? 특히 자신의 죽음에 대해서 말이야. 그런데 맞바꾸어 생각해 보니 그것이 별반 다를 게 없더라는 거야. 어떻게 죽을까를 고민하는 것이 어떻게 살 것인가와 다름없다는 것이지. 너무 난해한가? 그래서 내가 좋아하는 사람들의 묘비명을 한번 알아보았다네."

너에게 대항해 굽히지 않고 단호히 내 자신을 내던지리라. 죽음이여! ―버지니아 울프

최상의 것은 앞으로 올 것이다. ―프랭크 시나트라

상상력, 큰 희망, 굳은 의지는 우리를 성공으로 이끌 것이다. ―토머스 에디슨

나는 어머님 심부름으로 이 세상에 나왔다가 이제 어머님 심부름 다 마치고 어머님께 돌아왔습니다. ―조병화

죽을 때까지 유머러스한 분들이 있고 죽어서까지 인생의 교훈을 남긴 분도 있다네. 이처럼 살아가는 방식이 제각각이듯 죽음을 대하는 자세 역시 모두가 제각각이란 것을 알게 되었다네. 하지만 여기서 가장 중요한 교훈은 후회 없는 인생을 남기려면

두려움을 용기로 바꿀 수 있는 자신감이 있어야 한다는 거야. 비록 언제 떠날지 모르는 인생이지만 살아 있는 날까지는 당당하게 열심히 살아가는 것이 바른길이라 생각하네. 시간적 여유가 있다면 꼭 자신의 묘비명을 작성해 보기를 바라네. 비록 감동적이지는 않아도 인생을 돌아보는 데 큰 도움이 될 거야."

시간이 흐를수록 로이스 아저씨의 이야기는 심오해지는 것 같았다. 그와 더불어 내 감정은 덧없이 벅차고 행복했으며 존재의 의미를 느낄 수 있었다. 나는 사실 미래에 대한 계획이 없었을 뿐 아니라, 당장 내 앞에 놓인 상황도 제대로 해결하지 못할 때가 많았다. 어떤 사람이 되고 싶은지, 내가 원하는 삶은 어떤 것인지 진정으로 고민해 본 기억도 없었다. 하지만 로이스 아저씨는 복잡한 문제를 벗어나 때로는 자신의 참된 미래를 생각하는 것이 소중한 일이고 두려움을 없애는 방법이라고 알려 주었다. 무의미하게 보낸 시간에 대한 후회는 더 큰 낭비이기 때문이다.

아저씨는 구석에 있는 물통에서 물을 한껏 들이켜더니 다시 자리로 돌아와 이야기를 시작했다.

"지금부터 자네는 진실되고 보람 있는 인생을 위해 적극적으로 감사하는 마음을 가져야 하네. 자네가 계속해서 행복하고 의미 있는 존재로 인생을 살아 내려면 언제나 감사하는 마음이 있어야 한다는 것이네. 과거의 자네는 절망스럽고 괴로운 현실에 부딪혀 정신없이 우왕좌왕하다 결국 자괴감을 품고 힘들어했지. 그러다가 자신만큼 못난 사람들을 보고 난 후에야 마음의 위안을 얻으며 안정감을 찾지 않았는가? 그런 걸 감사라고 생각하며 나는 그나마 다행이라고 말이야… 한때는 나도 그렇게 생각하고 행동할 때가 있었네. 그러나 다른 사람과 비교하면서 내 쪽이 더 우월하거나 옳다고 생각하는 건 어리석은 짓이야. 남과 비교하지 말고 현실에 맞닥뜨린 일을 겸손한 마음으로 성심성의껏 해결해 나가야 한다네.

재차 말하지만 감사하는 마음을 가볍게 여기지 말고 꼭 간직해야 하네. 이런 말도 있지 않은가. '감사하면서도 그것을 표현하지 않으면 선물을 포장해 놓고 주지 않는 것과 같다.' 인간들은 감사를 머릿속으로만 생각할 뿐 실천해야 하는 습관이라는 것은 잘 모르는 것 같아. 행복을 갈망하면서도 그 행복을 스마트폰 화면 켜듯 쉽게 생각하지. 마치 화면을 한 번 터치하면 자신이 원하는 세계가 만들어지고 어두운 세상을 환하게 밝힐 수 있다고 착각하면서 말이야. 하지만 행복은 그런 식으로 오지 않아. 한 가지 방법이 있어. 바로 매일매일 감사의 화면 터치를 하는 것이네. 모든 일에 감사하는 마음을 가지라는 뜻이지. 감사하는 마음이 있으면 자괴감에 빠지지 않고 어떤 슬픔이나 괴로움도 기쁨과 즐거움으로 바꿀 수 있다네. 그 작은 마음 하나가 놀라운 기적들을 만들어 내곤 하지.

지금이라도 자네가 감사해야 할 것에 대해 곰곰이 생각해 보게. 세상에는 감사할 것이 너무나 많아. 굳이 빅터 프랭클의《죽음의 수용소에서》나 영화〈인생은 아름다워〉의 주인공처럼 지독한 공포와 극한의 두려움 속에서 감사의 마음을 품으라는 것은 아니야. 질퍽한 인생에 녹아 있던 나쁜 습관과 교만한 생각들을 깨끗이 치워 버리고 감사를 새롭게 들여 놓자는 이야기지."

시간이 많이 흐른 것을 느꼈지만 그것이 내게 큰 의미를 부여하지는 못했다. 공원의 시계도 태양의 움직임도 별 상관이 없었다. 그의 이야기에 점점 빠져들기만 할 뿐 주위의 다른 어떤 것도 주의를 끌지 못했다. 나는 알레한드로 아저씨에 대해 더 물어보고 싶은 것이 있었지만 맥락을 끊는 것 같아 우물쭈물하며 그저 아저씨의 얼굴만 쳐다보았다. 로이스 아저씨는 이런 내 마음을 알아챘는지 서둘러 이야기를 시작했다.

"세계적으로 유명한 축제가 많은데 그중 하나가 우리 코끼리들이 나오는 동물쇼라네. 이렇게 말하면 실감이 잘 안 날 거야. 리우 카니발이나 월드컵 같은 행사들만 세상의 주목을 받고 동물원 서커스는 명맥이 끊어진 막걸리 양조장 비슷하게 생각하는 이들이 많으니까. 하지만 실은 그렇지 않아. 우리 동물쇼는 오랜 전통과 역사를 지니고 있다네. 북미에서만 연평균 삼천만 명이 관람을 하고 미국 백여 개 도시에서 오천 회 이상 공연할 정도지. 특히 코끼리 쇼는 우리 동물 쇼의 하이라이트로 조련사의 지휘에 맞추어 재간을 부리기도 하고 연기도 한다네. 특히 어린 관객의 호응이 정말 굉장했어. 나도 한때는 그런 호응에 스타라도 된 양 설레고 들뜬 마음이었지. 그때는 철이 없어서 그랬는지 무대에만 올라서면 전부 내 세상 같았거든.

하지만 시대가 바뀌면서 채찍과 쇠꼬챙이로 조련하는 방식이 비양심적이라고 생각했는지 동물 보호론자들이 우리의 권리를 옹호하고 나서 주었어. 그리고 전국 각 주의 법원에 서커스 공연 회사를 상대로 소송을 걸기 시작했지. 여기에 관객들도 꽤나 동참한 걸로 알고 있네. 그래서 나를 포함한 대부분의 코끼리가 풀려나 동물원이나 코끼리 보호소로 흩어지게 된 거야. 보호소 관계자들 말에 따르면 우리 코끼리 쇼는 2020년 안에 모두 폐지될 거라고 하더군. 어찌되었건 나는 꽤 오랜 기간 코끼리 보호소에서 무료한 시간을 보내고 있었네.

그런데 여느 날처럼 풀을 뜯고 있던 우리에게 어느 빼빼 마른 남자가 소장과 함께 들어왔어. 그러고는 우리를 하나하나 주시하는 거야. 나는 그때 그가 알레한드로라는 것을 알아보았네. 그도 나를 알아봤는지 재빨리 다가와 말을 걸더군. '코에 난 상처들을 보니 많은 경험과 고생을 했구나? 이제 나와 같이 편안한 생활을 하는 건 어때? 나와 친구처럼 이야기도 하고 서로 의지하며 재미있게 살아보는 것도 괜찮지 않아? 내가 하는 일도 좀 도와주고 말이야…' 나는 알레한드로와 파키스탄 농장에서 잠시 만났지만 이렇게 미국에서 그를 다시 만나니 놀랍고 반가웠어. 그런데 괜한 의구심이 드는 거야. 그래서 그에게 물었지. '또 만났네요. 우리가 무슨 인연인지. 인연이 있으면 천리만리 떨어져 있어도 만날 수 있다는데, 당신과 나의 만남도 우연은 아닌 것 같군요. 어쨌든 이렇게 다시 인연이 되어 반가워요. 그런데 나는 당신을 잘 몰라요. 당신은 나에 대해 뭔가를 알고 이런 이야기를 하는 겁니까?' 그랬더니 알레한드로는 시간이 없다면서 나중에 차차 얘기하자며 급히 나가는 거야. 나는 영문도 모른 채 다음 날 보호소에서 그와 함께 트럭을 타고 나왔네. 우리는 디트로이트에 잠시 들러 너구리 부부 한 쌍을 태운 뒤 펜실베이니아를 지나 뉴욕 항구에 도착했어. 그리고 다시 배를 갈아타고 그날로 미국을 떠났네.

알레한드로와 나는 한국으로 오는 한 달 동안 많은 이야기를 했어. 어린 시절 이야기부터 젊은 시절 내면의 공허함까지…. 그리고 앞으로 살아 내야 하는 미래 등 수많은 이야기를 하면서 가까운 사이가 되었네. 그런데 이상하게도 알레한드로에 대한 궁금증이 계속해서 생기는 거야. 첫 번째로 우리는 생긴 것부터가 다르고 생각하는 모든 것이 달랐어. 단지 의사소통만 가능했을 뿐이지. 그런데 그와 이야기를 하다 보면 왠지 모르게 동질감이 느껴졌네. 그때부터 그를 볼 때마다 탈출을 시도하다 죽은 내 동생이 생각났어. 그래서 알레한드로에게 물어보았지. '알레한드로, 당신만 생각하면 내 동생 얼굴이 떠오르는데 도대체 우리가 어떻게 된 관계인지 궁금해요.' 그랬더니 그는 생각하기 나름이라고 하더군. 그래서 그 후로 알레한드로와 나는 형제의 연을 맺기했네. 그도 흔쾌히 동의하며 나에게 형이라고 불렀지. 나이를 따져 보니까 내가 두 살이 더 많더라고. 우연인지는 모르겠지만 내 동생과 나도 두 살 차이라네….

그런데 말이야. 요즘에 와서 생각해 보니 그것도 알레한드로의 진실은 아닌 것 같아. 그가 거짓말을 한다는 게 아니라 내가이곳 동물원에 와서 이루어지는 일들을 지켜보았는데, 알레한드로는 누구에게나 맞춰지는 사람이었던 거야. 마치 자네에게도 알게 모르게 맞춰지듯 말이야. 그래서 나는 알레한드로에대해 더욱 깊이 생각해 보았네. 그리고 내 나름대로 결론을 내렸지. 그는 본인 스스로 투영해 낸 상상의 결과물이거나 하나님께서 새 삶을 살아갈 수 있도록 보내 주신 일종의 안내자 또는천사라고… 다른 뜻이 아니라 자네의 과거를 반성하며 다시금새로운 삶을 계획하라는 뜻으로 보내 주신 하나님의 선물이라는 거지. 자네가 궁금해했던 그와의 관계는 각자 생각하기 나름이라는 뜻이기도 하지만, 그 중간에 언제나 하나님이 계신다는 뜻이기도 하네. 그리고 자네가 그것을 자각했다면, 자네도이곳을 떠날 시간이 온 거야. 그러니 더 이상 그와의 관계에 의구심을 품거나 이상한 마음을 갖지 않았으면 좋겠어. 이젠 그보다 자네의 앞길에 신경 쓰는 편이 더 나을 거야. 자네가 이곳을 떠나 더 넓은 세상으로 간다면, 그때는 이곳이 자네의 새로운 출발점이 될 거야. 내 말을 믿어도 되니 걱정하지 말고 앞으로 얼마 남지 않은 자네의 시간을 소중히 쓰게나…"

알레한드로 아저씨에 대해 궁금했던 부분은 이쯤에서 정리하기로 했다. 이제는 더 이상 알고 싶지도 않았다. 알레한드로아저씨와 로이스 아저씨와의 관계를 알게 된 나는 두 사람이 형제 이상임을 느낄 수 있었다. 마음을 나눌 수 있는 그들의 사이가 부러웠고, 그런 진실한 관계에서는 인생의 힘든 일을 함께 헤쳐 나갈 수 있다고 생각했다. 두 사람의 관계가 진실로 오래 지속되기를 기원하면서 나는 마지막으로 한 가지 질문을 더 했다. 피곤한 기색을 보이는 아저씨에게 미안했지만 내 마음속에 의문을 가지게 한 중요한 문제에 대해 묻고 싶었다. 지금까지 무엇인가 성공의 반열에 올라섰다고 느낄 때마다 여지없이 추락했던 이유를 알고 싶었다. 한마디로 나의 삶은 한 번도 성공으로 지속된 적이 없었기 때문이다. 로이스 아저씨는 내 질문의 뜻을 완전히 이해했다는 듯 빙그레 웃으며 말했다.

"자네 말대로 자네는 꾸준한 성공을 해본 적이 없어. 짧은 시간의 풍요로움과 성공을 맛보았을 뿐이지. 그래서 '나는 왜 이럴까?' 하는 생각이 한시도 자네의 머릿속에서 떠나지 않았을 거야. 그러지 않기 위해서는 올바른 선택을 해야 하는데, 사실 그 올바른 선택 자체도 어렵지 않은가? 내가 쉽게 예를 들어볼 테니 잘 들어 봐. 자네가 편의점을 운영한다고 생각해 보게. 편의점을 잘 이끌어 나가기 위해서는 우선 부지런하고 성실한 마음으로 점포를 운영해야겠지? 그리고 편의점을 운영하다 보면 어떤 것이 잘 팔리고 어떤 것이 안 팔리는지 손익 계산 결과가 나오잖아? 대부분의 편의점 주인은 계속해서 이익이 나고 효과가 좋은 방향으로 운영하려고 할 거네. 결론적으로 그 일에 대한 파급력, 즉 효과가 있으면 계속해서 실행하지만 그렇지 못하면 그만두게 된다는 거지. 이것을 심리학에서는 '효과의 법칙'이라고 한다네. 더 쉽게 말하면 한두 번 물건을 가져다 놓고 장사가 잘되면 물건을 더 많이 가져오고 문도 더 일찍 열겠지. 하지만 그렇지 않으면 결국에는 사업을 접게 된다는 거야.

삶이라는 것은 편의점보다 훨씬 큰 대형마트라고 생각하면 된다네. 대형마트가 문을 열자마자 바로 이익이 생기는 거 보았나? 수백 명의 직원 인건비에 부지와 건물을 마련하느라 막대한 돈을 지불하지. 그 큰 비용을 일이 년 매상으로 감당할 수 있겠나? 대형마트는 장기적 안목으로 운영해야 한다는 말이네. 처음엔 이익이 안 난다고 해도 장기적으로 궁극의 목적에 맞아들게 되면 결국 만족하는 거 아니겠어? 대부분의 큰 사업은 신속한 보상도 없고 효과도 즉시 나타나지 않아. 삶도 마찬가지야. 깊고 넓게 생각하라는 이야기지. 그래서 모든 것을 버티기 위해서는 끈질긴 노력과 성실한 마음가짐이 필요하다네. 처음부터 잘되고 대박 나는 것은 아예 없다고 봐야 해. 비록 자네 상황이 비참하고 인간관계도 부실하고 할 일도 없는 실업자 상태지만 지금부터라도 성실한 마음과 자신감을 가지고 현실을 점진적으로 해결해 나가야 하네. 그러다 보면 자네에게도 기회가 찾아올 거야.

그리고 조금 전 효과의 법칙에서 열심히 실행을 했는데도 효과가 없었던 것은 '내가 어떻게 그따위 일을 해? 그런 건 필요 없어! 난 할 수 없어!' 등의 부정적인 마음가짐으로 대처해서 그 모양 그 꼴이 된 것이네. 내가 서커스에 들어와서 처음 배운 묘기가 무엇인지 아는가? 바로 줄넘기라네. 통나무를 굴리고 돌이나 나르던 내가 어떻게 그런 것을 할 수 있었다고 생각하나? 힘든 한 번을 넘기니까 자신감이 붙더라고. 그래서 하루에 한 개씩만 늘려 가자고 생각했어. '할 수 없어! 필요 없어! 왜 해야 해?' 등의 말은 단칼에 집어치우고 자네가 틀림없다고 믿는 일들을 꾸준히 하게. 자네에게 맡겨진 일에는 눈을 감고 완벽히 할 수 있을 정도로 숙련된 달인이 되기를 바라네. 자, 이 늙은이가 자네를 붙잡아 놓고 귀중한 시간을 빼앗은 것 같군. 어쨌거나 내 이야기를 끝까지 들어 줘서 고맙네, 친구. 이제부터는 자네에게 주어진 시간을 소중히 여기고 다가올 미래를 겸허히 받아들이게. 나는 자네가 할 수 있다는 것을 믿어 의심치 않아. 그럼 난 이만 가보겠네. 좀 쉬어야 겠어…."

조용히 뒤돌아서는 로이스 아저씨의 모습을 보며 그에 대한 감사와 존경의 표시로 오랫동안 목례를 했다. 그는 내가 만난 동물들 중 가장 나이가 많고 덩치가 컸지만 또한 제일 훌륭했고 깊은 울림을 주었다. 로이스 아저씨가 파키스탄 농장에서 탈출할 때 '탈출에는 실패했지만 탈출을 시도하는 일은 실패하지 않았다'고 생각한 것처럼 나도 실패한 과거로부터 빠져나와 도전하고 인내하며 새로운 길을 개척하겠다고 다짐했다. 실패한 것은 실패자라는 의미가 아니라 아직 성공하지 못했다는 단순한 뜻인 것이다. 이제는 실패한 이유를 어려운 상황이나 불가피한 운명으로 핑계대지 않겠다. 그렇게 한다면 아마도 나는 한계를 정해 놓고 오르락내리락하는 도르레처럼 실패한 인생의 굴레를 한 치도 벗어나지 못할 것이다.

지금부터는 어두운 과거나 비천한 운명이 나를 지배하지 못하게 할 것이다. 나는 두려움을 용기로 바꿀 자신감이 있다!

12

태양은 점점 빛을 바래 갔다. 나는 암모니아 냄새가 진동하는 코끼리 방사장 앞에서 우두커니 서 있었다. 조금 전 따뜻한 날씨는 오간데 없이 다시금 쌀쌀한 날씨로 바뀌어 있었다. 아내와 거닐던 호랑이길 옆 좁다란 오솔길을 발견하고 옛 추억을 생각하며 길에 들어섰다. 그동안 만난 동물 친구들의 교훈과 충고를 마음속 깊이 되새기며 사색에 잠겼다. 포장도 안 된 좁은 길에는 낙엽들이 뒹굴고 있었고 그 길 끝에 위치한 저수지에는 저녁노을에 비친 금빛 물결이 넘실거리고 있었다. 서늘하게 불어오는 산들바람에 마음이 홀가분해졌다. 나는 왠지 뿌듯한 마음이 들어 소리 높여 힘껏 외쳤다.

"나는 가치 있는 사람이며! 나약하지 않고!
모든 상황을 스스로 헤쳐 나갈 수 있는 불굴

의 결단력이 있다!"

그리고 다시 알레한드로 아저씨를 생각했다. 비록 아저씨와 헤어졌지만 언젠가는 꼭 다시 만나고 싶었다. 그리고 만약 그런 기회가 주어진다면 이번에는 내가 그를 도와줄 수 있다면 좋겠다고 생각했다.

하염없이 길을 걷다 보니 어느덧 공원의 끝자락에 이르렀다. '영화 〈미술관 옆 동물원〉 촬영지'라고 쓰여진 안내판 뒤쪽으로 저수지가 펼쳐져 있었다. 저수지를 구경하고 있는데 수풀 가장자리에서 부스럭거리는 소리가 들렸다. 누군가 내 쪽으로 천천히 다가오고 있었다.

눈 주위가 까맣고 꼬리의 줄무늬가 선명한 녀석. 내가 동물원에서 가장 처음 만난 미국 너구리, 알렉스였다. 그는 나와 다시 만난 것이 반가웠는지 이번에도 손을 흔들며 두 발로 걸어왔다.

"오우, 반갑다! 여기서 또 보네? 어때? 공원은 제대로 구경하고 있는 건가? 밥은 먹었어? 몸은 괜찮아? 별다른 일은 없지?"

알렉스의 질문 공세에 나는 무슨 말을 할지 망설이다가 요근래에 음식을 먹은 기억이 없어 배가 고프다고 말했다. 주위를 살피던 알렉스는 내 이야기를 찬찬히 듣더니 자기 집으로 가자며 정답게 말했다.

"그래? 그럼 잘됐네. 나도 마침 헝그리한데(배고픈데)⋯. 사실 저기 저수지 아래가 우리 집인데 좀 누추하지만 잠시 들렀다가는 건 어때? 그간 몸도 마음도 힘들었을 텐데 오늘 하루 정도는 쉬었다 가도 그리 나쁘지 않을 거야."

나는 그동안 정신적, 육체적으로 많이 괴로웠고 복잡한 상황들을 겪느라 몹시 피곤했다. 그래서 염치 불구하고 알렉스에게 양해를 구했다. 알렉스는 고맙게도 곧바로 자신의 집으로 안내하며 길을 재촉했다. 그의 집으로 향하는 내내 주변 경치를 둘러보았다. 저수지 주위로 벚나무와 목련이 촘촘히 둘러 있었다. 길이 그리 낯설지는 않았다. 작년 봄 아내와 함께 도시락을 싸들고 소풍 왔던 곳이기 때문이다. 나는 정자 마루 위에서 김밥을 먹으며 봄날의 향기와 정취를 느꼈던 그 그리운 장소로 가는 것이었다. 아내와 따뜻한 커피를 마시며 정답게 이야기하고 맛있는 점심을 먹었던 기억이 사뭇 떠올랐다. 그때는 하얀 벚꽃과 화려한 자색 목련과 울긋불긋한 철쭉이 우아함을 머금고 저수지 표면을 형형색색으로 물들이고 있었는데….

지금은 비록 떨어져 있지만, 이 인고의 시간이 지나 새로운 삶이 시작된다면 제일 먼저 아내를 만나 과거의 잘못을 사과하고 진심으로 용서를 구하고 싶었다.

* * *

알렉스를 따라 저수지 주변을 배회하는 사이 발이 진흙에 빠져 차가웠다. 발은 어느새 진흙으로 누렇게 덮여 있었다. 알렉스는 이제 다 왔다며 조금만 더 가면 집이 나온다고 말했다.

그는 같은 말을 두 번이나 반복한 뒤에야 미안한 웃음을 지으며 굴 앞에 서서 말했다.

"이봐요, 아임 홈(나 왔어요). 좀 나와 봐요."

알렉스와 비슷한 너구리가 달려 나오며 가녀린 목소리로 인사했다.

"안녕하세요. 말씀 많이 들었어요. 먼 길 오느라 힘드셨죠? 어서 들어오세요."

너구리 부인에게 가벼운 목례를 하고 굴 안으로 들어갔다. 눈앞에는 놀라운 광경이 펼쳐졌다. 순금과 은으로 된 굵은 기둥들과 아치형 천정은 온갖 빛깔의 보석으로 장식되어 있었고 바닥은 이태리 대리석으로 반짝반짝 윤이 나고 있었다. 티크 원목으로 만든 소파 테이블 아래에는 터키산 양모 카펫이 드넓게 깔려 있었으며 소파를 감싼 가죽은 모로코 산으로 기품 있는 느낌과 향기를 연출하고 있었다. 얼핏 둘러보아도 집안 구석구석이 예사롭지 않았다. 응접실로 안내한 알렉스는 어리둥절해하는 나를 보며 장난기 있는 목소리로 말했다.

"헤이, 친구! 우리 와이프가 맛있는 식사를 준비할 동안 우선 뭐라도 마시는 건 어때? 위스키? 커피? 와인? 씨가?"

나는 술과 담배를 하지 않기로 마음먹었기 때문에 사양하고 최근에 좋아하게 된 커피를 부탁했다. 알렉스는 바리스타처럼 능숙한 솜씨로 커피 그라인더에 커피를 갈아 머신에 넣었다. 곧이어 증기가 배출되는 소리와 함께 진한 검정색 에스프레소가 조그마한 잔에 담겼다. 알렉스는 옆에 위치한 칵테일 바로 걸어가 '멕켈란60'이라는 글귀가 쓰인 위스키 병을 들었다. 그는 위스키를 동그란 얼음이 담긴 유리잔에 따르며 말했다.

"그래, 이곳에서 여러 동물 친구들과 만나 보니 어땠어? 무엇이 자네에게 도움이 되었다고 생각해? 아니, 도움이 된다는 것은 느꼈어?"

알렉스는 예전의 초라하고 비굴한 모습이 아닌 당당하고 기품 있는 표정이었다. 그는 나를 똑바로 응시하며 대답을 기다렸다. 나는 약간 주눅 든 목소리로 대답했다.

"이곳의 동물들과 이야기하며 그들의 경험과 생각을 많이 배웠어요. 사실 이곳에서 처음 만난 동물이 당신인데 인사도 제대로 못하고 헤어져 아쉬웠습니다. 이제라도 인사하게 되어 기뻐요. 덕분에 많은 경험을 하게 되었어요. 고맙습니다."

알렉스는 이렇게 말하는 나를 흘깃 바라보며 입에 문 술잔을 떼더니 다시 말을 시작했다.

"우리가 처음 만났던 때를 기억해? 그때 난 이곳의 이런저런 이야기를 들려주려 했지만 나를 그다지 신뢰하는 것 같지 않았어. 내가 마치 사기꾼인 양 쳐다봤지. 안 그래? 사실 당시에는 조금 불쾌했어. 만약 알레한드로 아저씨만 없었다면 더 이상 대화하지 않았을 거야. 그리고 보면 너는 럭키 가이(운이 좋은 친구)야. 아직도 내가 누군지 모르니 말이야. 에니웨이(어쨌든), 과거의 일은 잊어버리자고. 여기까지 왔으니 식사하기 전에 잠시 할 말이 있는데 들어 보겠어?"

나는 과일 향이 진하게 풍기는 에스프레소를 마시며 그의 말에 귀를 기울였다.

"나름대로 이곳에서 많은 경험과 교훈을 얻었다고 생각하겠지? 아마도 앞으로 무슨 생각을 가지고 살아 나가야 할지 느꼈을 거야. 크런데, 이건 내 생각인데 말이야. 네가 이곳을 나가서 과연 잘 살 수 있을까에 대해서는 여전히 퀘스천 마크(의구심이 들어)…. 너에게는 아직도 마음속에 썸띵 올드 앤드 더티, 그러니까 아주 낡고 더러운 뭔가가 있어. 그게 뭐라고 생각해? 그건 바로 우유부단함이야. 그와 반대되는 말은 결단력이지. 결단력은 뭔가 행동하려고 생각할 때 바로 행동할 수 있는 능력을 말해. 사람들은 결단을 하지 않으면 실패도 없다고 생각하는데 뭔가를 행동해 봐야 실패 또는 성공을 알 수 있지. 아무것도 안 해보고 좋은 성과를 기대하는 건 엄… 뭐랄까, 바보 같은 짓이야.

보통 사람들은 성공한 사람들의 시크릿(비밀)을 찾으려고 하지만 사실 그런 건 없어. 그 시크릿은 우리가 이미 머릿속으로 알고 있는 것들이지. 그들도 똑같은 시간 속에 사는 사람들이고 그 시간 안에서 계획하고 움직이는 것뿐이야. 그들이 남보다 더 훌륭한 능력을 갖춘 건 똑같이 주어진 시간 속에서 누구보다 빨리 결단하고 한 번 결단한 거에 대해선 확고하게 유지한다는 거지. 근데 우유부단한 사람들은 마음이 이리저리 움직이니까 결정을 못하고 행동으로 이어지지도 못해. 계속 마음속에만 머무르고 있는 거야. 이제는 그런 우유부단한 성격을 날려 버리고 본연의 마음을 찾아야 해. 너는 나를 처음 보았을 때 믿을 수 없는 너구리라고 생각했을 거야. 그런데 지금은 나를 믿는다고 했지? 그렇다면 이번 나의 결정도 믿어 줘. 너에게 줄 능력이 하나 더 있어.

맨 처음 이곳 서울대공원에서 알레한드로 아저씨에게 받은 능력이 있지? 목걸이로 동물원 어디에나 갈 수 있고 이야기도 할 수 있고 지나간 과거를 리뷰해(돌이켜 볼) 수 있는 능력을 받았잖아. 엄… 이번에는 내가 다른 동물이 될 수 있는 능력을 줄게. 상대방을 머릿속으로 생각하고 그가 되기를 마음속 간절히 소망해 보는 거야. 그리고 정성을 다해 외치는 거지. '하쿠나 마타타!'(모든 것이 잘될 거야)라고 말이야. 그럼 그 동물이 될 거야. 두 유 언더스텐드?"

알렉스가 나의 마음을 꿰뚫고 있는 것 같아 창피했지만 나는 조금 전에 말한 하쿠나 어쩌구 하는 말을 이해할 수 없어서 눈을 동그랗게 뜨고 고개를 좌우로 흔들었다. 그런 내 모습을 본 알렉스는 내가 이해했다고 착각했는지 곧이어 뭐라고 중얼거리기 시작했다. 갑자기 머릿속에서 이상한 금속성의 소리가 들려왔다. 내가 그 소리에 어리둥절해하는 사이 알렉스는 나를 보며 능력이 전달되었으니 소중히 사용하라고 이야기했다. 그리고 그 능력은 딱 두 번만 사용할 수 있으니 신중히 선택해야한다고 덧붙였다. 나는 알렉스의 이야기가 도무지 납득이 되지 않았지만 이렇게 된 이상 그 능력을 사용하는 방법과 위험성에 대해 좀더 자세한 설명을 해달라고 부탁했다. 술잔을 기울이던 알렉스는 웃는 얼굴로 나를 다시 쳐다보며 이야기했다.

"어, 〈아바타〉라는 영화 본 적 있어? 그 영화 같다고 생각하면 쉬워. 다만 영화에서처럼 복잡한 머신(기계)은 필요 없고 네가 체인지하기(바뀌기) 원하는 동물을 생각하면서 '하쿠나마타타!' 하고 외치면 되는 거야. 그러면 그 동물이 되는 거지. 다른 생각은 하지 말고 온리(단지) 그 동물 하나만 생각해야 해. 내말 잘 기억하고 있다가 소중히 사용해야 해."

나는 순간 생각이 많아졌다. 앞으로 서울대공원에서 어떤 방법으로 나가게 될지는 모르지만 동물들에게 배운 경험과 교훈을 토대로 가급적 빨리 이곳을 나가고 싶었다. 그런데 알렉스는 또 다른 제안으로 나를 이곳에 머물게 하려는 것이었다. 나는 성급한 마음을 억누르고 그의 뜻에 따라 조금 더 이곳에 머물기로 했다. 나는 더 이상 우유부단한 사람이 아니었기 때문이다. 스스로 확신이 서지 않고서는 이곳을 벗어나지 않겠다고, 변함없는 의지와 결단력 없이 이곳을 나갈 수 없다고 다짐했다. 나는 알렉스에게 자신감 있게 말했다.

"이야기해 주신 대로 한번 해볼게요. 가족과 주변 사람들이 더 이상 저로 인해 고통스럽거나 피해를 당해서는 안 된다고 생각하니까요. 당신이 준 능력을 받아 자신감으로 똘똘 뭉친 삶으로 되돌아 갈 수 있도록 앞으로 노력해 볼게요. 그러니 저를 적극적으로 도와주시면 좋겠어요. 부탁드려요…."

알렉스는 술잔을 내려놓고 미소를 지으며 말했다.

"오케이! 우선 식사 시간이니까 식당으로 가는 게 좋겠어. 와이프가 자네를 위해 스페셜 음식을 해놓았을 거야. 렛츠 고."

식당으로 들어가는 입구는 화려한 장식으로 눈이 부셨다. 입구 양쪽으로는 커다란 청화백자 화분에 값을 매길 수 없는 소나무 분재가 심겨 있었고, 눈앞에 보이는 중국풍의 거대한 원형 식탁은 순백의 화강암으로 만들어져 있었다. 식탁 상판 사이사이에는 금은보석으로 된 기하학적 모양의 화려한 그림들이 음각 방식으로 새겨져 있었다. 식탁에 둘러앉은 의자들 역시 최고급 센달 나무로 만들어 나뭇결이 유리알처럼 반짝였으며 향기로운 냄새를 풍기고 있었다.

빙글빙글 돌아가는 흑요석 식탁 상판 위에는 진수성찬이 놓여 있었다. 김이 모락모락 나는 냄비 안에 무가 듬뿍 들어간 고등어조림과, 햄과 달걀이 들어간 두툼한 김밥까지, 나에게 있어서 세상 그 어떤 음식보다 소중하고 추억이 녹아든 음식들이 가득했다. 나는 주방과 식당의 화려함보다 내가 좋아하는 먹을거리가 가지런히 준비되어 있는 것을 보고 더욱 감동을 받았다. 알렉스와 나는 넓은 식탁에 앉아 식사를 했고, 알렉스의 아내는 식탁과 주방을 오가며 맛있는 요리들을 가져다주었다. 음식을 먹는 내내 알렉스의 아내에게 요리가 맛있다는 인사를 여러 번 했다. 그의 아내는 엷은 미소로 답례를 했다.

식사를 마치고 손님방으로 안내된 나는 따뜻한 물로 목욕을 하고 침대에 누웠다. 정말 오랜만에 느껴 보는 포근함과 편안함이었다. 하품이 나오면서 눈꺼풀이 무거워졌고 점점 더 고요한 침묵의 세계로 빠져드는 느낌이 들었다. 신비한 에너지를 느끼며 머리끝에서 밝은 빛이 뿜어져 나왔다. 그리고 꿈과 현실을 분간할 수 없는 환상의 세계로 들어갔다….

나는 아내와 가족을 위한다는 명목으로 집안일을 등한시하고 회사일과 술에 빠져 살았다. 전날도 술에 취해 집에 들어가지 못했는데, 술 한잔하자는 동료의 부탁에 간신히 삼 차까지 마무리하고 밤 열두시에 집에 들어갔다. 큰 녀석은 흔들침대에서 누워 자고 있었고 작은 녀석은 아내의 등에 포대기로 말려 업혀 있었다. 무릎을 꿇고 열심히 흔들침대를 밀던 아내가 심각한 표정을 지으며 내게 말했다.

"여보, 지금 하고 있는 일이 잘되면 남은 시간만큼은 가정을 위해 성실하고 행복하게 산다고 했잖아요. 그런데 내가 보기에 지금 당신은 행복하지 않아요. 누군가 그러더라고요. 지금 행복하지 않으면 나중에도 행복이라는 것은 없다고요. 그러니 당신이 하고 싶은 일을 찾아 행복을 느껴 봤으면 해요. 당신이 말하는 남은 시간이 하루가 될지 수년이 될지는 아무도 모르는 것 아닌가요? 돈이나 성공이 보장되지 않아도 진정으로 당신이 원하는 일을 해봤으면 좋겠어요."

나는 내심 부아가 치밀어 올랐으나 꾹 참으며 아내에게 말했다.

"나는 내가 원하는 대로 살고 있으니 걱정하지 마! 반드시 우리 가족이 만족할 만큼 성공을 이루고 어려운 사람들도 좀 도와주면서 살 거야. 그 후에 나 하고 싶은 대로 편하고 행복하게 살면 돼."

아내는 냉정하게 말하는 나를 보며 눈시울을 붉혔다.

"여보, 성공과 돈이 당신 삶의 주된 목표가 되어서는 안 된다고 생각해요. 당신의 생각이 모두 잘못된 것은 아니지만, 인생의 참된 의미는 진정으로 하고 싶은 일을 하며 사는 것이라 생각해요. 결혼 전 당신이 나에게 한 말 생각나요? 당신은 나에게 진심으로 목수가 되고 싶다고 말했어요. 소나무를 켜고 자를 때 풍기는 싱그러운 냄새가 좋아서 목수가 되고 싶다고 말했잖아요. 진정한 행복은 자기가 하고 싶은 일을 하는 것이지 당신이 말하는 수입 자동차나 넓은 아파트에 있지 않아요."

나는 화가 난 얼굴로 소리쳤다.

"그럼 당신은 남편이 지금 이 자리를 그만두고 돈도 안 되는, 게다가 불규칙적인 노가다 목수 일을 하길 바란다는 거요? 남의 밑에 들어가 굽신거리면서 쥐꼬리만 한 월급이나 받으며 살라는 거야? 말이 되는 소리를 하라고. 애들 교육은 어떻게 하고? 지금 당장 이 집 사는 데 은행에서 빌린 돈은? 자동차 할부금도 내야 하잖아? 나보고 다 포기하고 막말로 노숙자처럼 모든 걸 끝장내고 처음부터 다시 시작하라고? 그게 말처럼 쉽게 되나?"

눈물방울을 조금 보이던 아내는 나를 잠시 바라보더니 안타깝다는 표정을 지으며 등에 업은 아이를 눕히고 돌아섰다. 그리고 내 팔을 이끌고 거실로 나갔다.

"여보, 우리 애들은 아직 어려요. 그리고 난 이런 집, 이런 차, 당신이 그토록 고생해서 마련한 것들이 나에게는 그리 소중하지 않아. 나에게는 당신이 더 소중하다고. 알아들어요? 지금 당신은 노숙자와 별반 다를 게 없어요. 노숙자가 오늘내일 어떻게 먹고 살지를 걱정하듯이 당신도 단지 이번 달 다음 달을 어떻게 먹고 살지를 걱정할 뿐이라고요. 언제 죽을지 모르는 인생인데 당신은 매일 돈 걱정뿐이고, 왜 이렇게 쫓기며 살아야 하는지 이유조차 모른 채 맹목적으로 살아가잖아요. 나는 당신이 진정으로 하고 싶은 일을 하는 사람이 되었으면 좋겠어요. 그리고 가정의 행복한 일원으로 돌아와서 당신의 자리를 찾았으면 좋겠다고요."

아내는 작심이라도 한 듯 내 말에 반박했다. 나 역시 화가 머리끝까지 차올라 아내에게 소리쳤다.

"당신이 내 생각해 주는 것은 황송하고 감사한데, 지금 현실을 똑바로 보고 말을 꺼냈으면 좋겠어! 지금 당신이 말하는 이 순간에도 이자가 나가고 있어. 애들이 저렇게 잠잘 때도, 쉬고 먹고 자는 순간에도 돈은 언제나 나가고 있다고. 당신은 돈 없이 가난한 상태로 아이들을 기르고 자신의 행복을 키워 나갈 수 있겠어? 세상에 사랑과 평화만 가득한 것도, 다정다 감한 남편과 아빠만 존재하는 것도 아니잖아! 당장 애들이 배고프다고 하는데 마음의 평화니 행복이니 떠들어 댈 수 있 겠냐고. 제대로 씻지도, 먹지도 못하는 사람이 어떻게 사랑 을 표현하고 행복한 사람이라 말할 수 있어? 옛말에 곳간에 서 인심난다는 말도 있잖아. 돈이 있어야 사랑도 있고 행복 도 있고 남에게 베풀 수도 있는 거야. 그래서 부자가 되고 싶 고 성공하고 싶단 말이야! 가난이라는 단어는 능력 없고 목 표가 없다는 뜻이야. 아무 짝에도 쓸모없는…. 당신이 그따 위 이야기를 정말로 하고 싶으면 당신 좋아하는 교회나 하나 님 앞에 가서나 얘기해!"

열변을 토하며 일방적으로 이야기하고 있는 나를 물끄러 미 바라보던 아내는 다시 말을 시작했다.

"살면서 돈이 필요 없다는 것이 아니잖아요. 나는 다만 당 신이 너무 물질만 쫓아다니고 거기에 온 힘을 쏟아붓는 것이 걱정스러운 거예요. 세상 모든 것을 얻은들 건강과 가정 그 두 가지만 잃었다고 생각해 봐요. 과연 그 사람의 인생이 행 복하다고 할 수 있을까요? 난 당신이 자신이 하고 싶은 일을 하면서 작게나마 행복을 찾기를 바라는 거예요. 돈은 조금 적게 벌더라도 서로 감싸 주고 행복과 기쁨을 위해 노력하고 기도하는 것이 좋다고요. 그래서 난 매일 당신을 위해 기도하고 있어요. 제발 당신이 예전 모습으로 돌아오라고 말이에요. 당신이 혼자 고군분투하는 모습을 보고 있으니 미안하고 안타까워서 그래요. 그러니 욕심은 적게 부리고 서로 배려하는 마음을 가졌으면 해요. 부탁이에요…."

그 후로 아내와 나는 개인적인 일로는 서로 대화를 하지 않았다. 아내가 나를 생각해 주는 마음은 이해가 갔지만 안타깝게도 그때는 마음속으로 이렇게 아내에게 말하고 있었다.

'당신도 시간이 흐르면 나를 이해하겠지. 아이들도 나를 이해할 테고… 무심한 세상도 결국은 나를 이해하고 모두가 나를 반갑게 맞이할 거야. 돈만 있으면 모든 것이 좋은 추억되고 무조건 용서될 거야. 그놈의 돈만 있으면….'

그날의 환상은 긴 여운을 남긴 채 끝이 났다. 힘겨운 고뇌의 하룻밤을 그렇게 외롭고 쓸쓸히 보냈다. 나는 또다시 너구리 내외가 준비한 푸짐한 아침상을 받아먹고 부부의 환송을 받으며 저수지를 나섰다. 아침 물안개가 자욱이 스며든 저수지의 풍경은 오래된 병풍에 그려진 한 폭의 신비스러운 동양화처럼 고즈넉했다. 아직 공원을 개장하기 전이라 산새 소리와 코끼리 울음소리만 들려오는 자연 그대로의 청명한 아침이었다. 공원을 둘러싼 청계산 주위에는 이제 곧 봄이 올 듯 새하얀 눈덩이들이 겨울의 잔재를 힘겹게 유지하고 있었다.

13

돌고래길에 접어들어 우천 대피소를 지나 토종동물번식센터로 발길을 돌렸다. 아내와 서울대공원에 자주 왔지만 이곳은 처음 가보는 곳이라 더욱 기대가 컸다. 한참을 걸어 길 끝까지 가서야 새로 지은 듯한 건물이 보였다. 동물복원센터는 북한을 포함한 자국 내 토종 동물들을 보호하고 발전시켜 국내 산악지대에 방사하는 곳이다. 나는 평소 이곳에 관심이 많았지만 시간적 제약 때문에 들르지 못하다 이번 기회에 방문한 것이었다.

그리고 여기 들어온 목적이 한 가지 또 있었다. 어제 알렉스가 나에게 준 능력을 시험해 보고 싶어서였다. 이곳은 후미지고 인적이 드문 곳이었기 때문에 아바타의 능력을 시험해 볼 수 있는 최적의 장소였다. 그렇지만 무턱대고 동물복원센터에 가까이 접근하지는 않았다. 내가 그 근처에 가면 누군가 말을 걸어올 것이고 아바타의 능력을 의식하다 보면 금세 몸이 변할

까봐 조심스러웠던 것이다. 나는 우선 나를 보호할 수 있는 안전한 장소가 있는지 둘러보았다. 그리 멀지 않은 곳에 허름한 벤치가 있었다. 나는 벤치 아래에 들어가 실험 준비를 하면 되겠다고 생각했다.

곧바로 벤치 밑에 자리를 만들어 조금 떨어진 곳에 있는 반달곰들을 응시했다. 그중 한 마리가 가부좌를 틀고 고구마를 먹는 모습이 눈에 들어왔다. 가슴에 하얀색 반달 모양이 선명한 녀석은 날고구마를 연신 씹어 먹고 있었다. 나는 알렉스가 알려 준 방법을 하나도 빼먹지 않고 그대로 머릿속에 되풀이했다. 그리고 반달곰을 마음속에 떠올리며 주문을 외웠다.

"하쿠나마타타…."

순간 반달곰과 텔레파시가 통했는지 녀석도 나를 보았다. 꽤 순진해 보였지만 우리는 서로의 눈을 응시하며 누가 이기나 눈싸움을 했다. 효과가 없는 것 같았다. 하지만 다시 지그시 눈을 감고 알렉스가 알려 준 대로 반달곰을 열심히 생각하며 필사적으로 주문을 외웠다.

"하쿠나마타타!"

눈을 뜨지 않은 상태였지만 내 머릿속에서 빛이 나가는 것을 느낄 수 있었다. 밝은 빛은 이리저리 곡선을 그리며 날아다녔다. 이윽고 정신이 희미해지더니 몸이 하늘에 붕 뜨는 느낌이 들었다. 그리고 다시 눈을 떴다.

어느새 나는 철창 안에 갇혀 있었다. 철창 밖에는 진돗개 한 마리가 벤치 밑에서 잠을 자고 있었다. 성공한 것 같았다. 내 몸은 뻣뻣한 검정색 털 뭉치로 바뀌어 있었으며 움직임도 둔했다. 손톱은 마치 네일숍 최신 디자인의 제품처럼 까맣고 길게 튀어나와 있었고, 입에는 씹다만 고구마가 걸쭉한 액체로 흘러나왔다. 예상은 했지만 '이건 아니다'라는 생각에 반달곰과 바뀐 것을 약간 후회했다. 그러나 이렇게 된 이상 정신을 차려야 했다. 나는 두 발을 땅에 딛고 고개를 이리저리 흔들었다. 그리고 입 안에 있던 고구마를 모두 뱉어 버렸다.

주위에는 나 말고도 다른 곰들이 옹기종기 모여 앉아 채소를 씹어 먹고 있었다. 분위기를 살필 겸 주변을 살며시 둘러보는데 덩치 큰 곰과 눈이 마주쳤다. 나중에 안 사실이지만 곰들의 세계에서는 눈이 마주쳤을 때 작은 녀석이 고개를 돌리고 자리를 피해야 한다고 한다. 당시에 그걸 몰랐던 나는 큰곰을 뚫어지게 쳐다보았고 녀석은 황당하다는 듯 험악한 표정으로 소리를 질렀다.

"저 새끼 뭐이가? 니래 와 자꾸 내를 내깔리 쳐다보는 거이야? 니래 어제도 까불더니 오늘도 죽고 싶어 환장했디?"

북한 사투리로 다그치는 곰을 놀라움 반 무서움 반으로 멍하니 보는 사이 큰곰은 다시 나에게 소리를 질렀다.

"저 종간나 새끼 이거이 안 되갔어. 니 이리 좀 오라우. 니래 동생이고 뭐이고 오늘 함 디지게 맞자우. 이리 오라우!"

나는 순간 얼굴을 땅에 묻고 앞발을 공손히 내밀었다. 그리고 두려운 마음으로 큰곰에게 사죄하듯 이야기했다.

"죄송해요. 일부러 노려본 것이 아니라 제가 이곳에 처음 와서 그랬던 거예요. 정말 미안합니다."

나의 설명에도 큰곰은 아랑곳없이 나를 세차게 다그치며 말했다.

"이 간나 새끼, 뭐 잘못 처먹었음둥? 이 새끼래 무슨 표준말을 쓰고 지랄이야. 니 쇼하네?"

큰곰은 내가 자신을 놀리기라도 한 듯 매우 기분 나쁜 표정으로 콧김까지 씩씩거리며 엉금엉금 다가왔다. 나는 두려운 마음에 엉덩이까지 땅바닥에 붙이며 재빠르게 설명했다. 내가 이만저만 해서 여기에 왔으며 이리저리 되어서 곰으로 변했으니 이해해 달라고 간곡히 부탁했다. 큰곰은 그제야 이해했다는 듯 나에게 다가와 반질거리는 코를 킁킁거리며 냄새를 맡기 시작했다. 그리고 허름한 벤치 밑에서 자고 있는 진돗개를 쳐다보며 말했다.

"그러니끼니 저 의자 밑에 자빠져 있는 개가 바로 네놈이란 말이디?"

"네!"

"기래? 기럼 내 동생 곰탱이는 어데로 갔는데?"

"네? 그게 저도…. 어, 음…. 그러니까…."

203

순간 큰곰은 나를 인정사정없이 패대기치며 때리기 시작했다. 화가 덜 풀렸는지 물어뜯고 할퀴며 성난 소리를 다시 이어 갔다.

"이 간나 새끼래 곰 쓸개가 터졌나? 맥빠딘 소릴 하고 지랄이네, 지랄을. 니 미쳤구나야!"

나는 큰곰의 모진 말과 행동에 아무런 대답도 못하고 그냥 맞기만 했다. 얼마간 시간이 흐른 후 사육장 옆 스테인레스로 만든 육중한 문이 조용히 열렸다. 한참을 실랑이하던 우리를 향해 베이지색 유니폼을 입은 사육사들이 달려왔다. 그들의 손에는 전기 충격봉이 있었고 사육사들은 우리가 머뭇거릴 틈도 없이 전기 충격봉을 몸에 댔다. 큰곰에게 맞을 때는 그나마 견딜 만했는데, 삼만 볼트의 전기 충격이 가해지자 나도 모르게 오줌을 지리고 말았다. 오랜 시간 충격봉을 이리저리 흔들던 사육사들은 우리에게 손가락질을 하며 소리쳤다.

"이놈의 자식들, 한 번만 더 소란피우고 말썽부리기만 해봐. 그땐 독방에 가둬 둘 거야. 사고 치지 말고 얌전히 있어!"

우리는 전기 충격봉의 위력에 아무런 저항도 할 수 없었다. 사육사들은 곧바로 자신들의 사무실로 돌아갔다. 나는 억울하고 짜증나는 마음에 다시 진돗개로 돌아가기로 마음먹었다.

'아! 이런⋯ 내가 왜 아바타인지 뭔지를 해서 이 모양 이 꼴을 당해야 한단 말인가? 다시 돌아가자. 어? 그런데 어떻게 돌아가지?'

너구리 알렉스는 내게 다시 돌아가는 방법을 알려 주지 않았다. 아무리 생각해도 전혀 기억이 나질 않았다. 나는 쇠창살을 부여잡고 벤치 밑에서 아무 생각 없이 평화롭게 자고 있는 나에게 소리를 질렀다.

"야, 일어나! 다시 일어나란 말이야. 난 정말 이곳을 나가고 싶어! 내가 있을 곳은 여기가 아니라고. 빨리 일어나!"

나는 갇혀 있었던 것이다. 나는 줄곧 서울대공원에 처음 들어왔을 때를 갇혔다고 생각했는데 지금 생각해 보니 지금이 진짜 갇혀 있는 것이었다. 한편으로 이곳에 갇혀 있는 다른 동물들을 생각하며 그들의 한 맺힌 슬픔과 외로움을 조금이나마 느낄 수 있었다. 또한 잡생각과 낡은 생각에 갇혀 있는 한심한 나 자신을 돌아보는 진실의 순간이기도 했다.

매순간 쉽게 넘어가는 경우가 없었지만 아무것도 하지 못했던 과거보다는 의미 있고 중요한 시간이라 생각되었다. 그러고 보면 이곳은 그냥 서울대공원이 아니라 나를 확실히 되돌아보게 하는 환상과 마법의 장소인 것이 분명했다.

　　　　　　　　❀ ❀ ❀

전기 충격으로 잠시 정신이 나갔던 큰곰은 다시 나에게 다가와 점잖게 질문했다.

"니래 말하는 쌍판떼기를 보니 내 동생 곰탱이는 아인 것 같음. 기래 이왕 이렇게 된 거이 니래 솔딕한 마음을 털어내 보라우…."

난 큰곰에게 다시 자세하게 설명해 주었다. 내가 이곳에 방문한 주목적을 이야기했고, 또 다른 이유는 너구리에게 받은 아바타의 능력을 시험해 보기 위한 것이라 말했다. 더욱 중요한 것은 벤치 밑에 있는 개도 진짜 내가 아니며, 이전의 나는 실패한 가정의 아버지이자 남편이며 세상에 적응하지 못한 낙오자라고 이야기했다. 하지만 현재는 서울대공원에서 희망을 얻어 새로운 삶을 시작하려고 준비 중인 상태이며, 지난날의 과오를 회복하고 고통을 치유하며 온전한 상태의 나로 돌아가는 중이라고 말했다.

큰 반달곰은 고개를 갸우뚱거리더니 다시 말했다.

"야! 기러니끼니 니 내한테 맞을 때부터 알아봤어야 되는기야. 원래 우리 곰들은 맞을 때나 공격을 당할 때도 눈물은 절대 안 흘리디. 그런데 니래 내한테 패대기당할 때 눈물 흘리는 모습을 보구 이 새끼래 뭔가 이상허디 했어. 니 왜 그랬니?"

그랬다. 사실 큰 반달곰에게 맞을 때 나의 한심했던 과거가 생각났고, 아들을 야단치고 때렸던 상황이 떠올랐던 것이다. 큰 반달곰이 나를 모질게 때릴 때마다 아들에 대한 죄책감이 느껴져 피하지 않았다. 오히려 일부러 더 아프게 물어뜯으면서 가족과 주변 사람들에 대한 미안함을 뉘우치고 싶었다. 그래서 눈물이 났다. 나는 솔직한 마음을 큰 반달곰에게 털어놓았고 그는 나를 보며 미안하다는 듯 말을 이어 갔다.

"그랬었구나야. 니래 이거이 못난 가장이고 못난 아바이 맞디? 기래도 니래 지금이라도 반성하니 됐어야. 지나간 과거 그거이 별기 아니야. 지금처럼 날래날래 반성하고 잊어버리라우. 내래 북쪽에서 살 때는 과거니 미래니 이런 거 떠들어 내까리는 거이 사치였어야. 당장에 먹을 꺼이 부족해서리 뭐라도 먹을 수만 있으면 영혼이라도 파는 분위기였디. 내래 그 험난한 삶을 살면서 느낀 게 뭔디 아남? 그건 하루하루 살면서리 내일은 아직 멀었다는 얘기디. 내일은 내일이고 오늘은 오늘 최선을 다해서 살아야 한다. 다시 말하디만 어제라는 과거는 지나가는 개에게나 갖다 줘버리라우! 그리고 내일이라는 미래는 두려워하디 말고. 알간? 결코 내일이라는 두려움 때문에 금쪽같은 오늘을 허비하디 말란 말이다. 오늘을 열심히 살디 않으면 행복한 내일은 없다 이기야. 니에게 주어진 시간을 낭비허디 말고 소중히 최선을 다해 사용해야 한단 말이디.

참고로 니래 행복이라는 거이 어떤 건지나 아네? 행복이란 어떤 목적지에 도달하기 위해 그것을 찾아 떠나는 일종의 준비 과정이디. 그 여행의 종착지가 아니라는 말이야. 그리고 니를 제일 잘 아는 사람은 니뿐이야. 니 자신을 믿으라우! 남들이 니한테 뭐라 해도 그거이 참고 사항이디 결정은 니가 하는 거이야.

이제 딴 생각허디 말고 오늘을 니 생애에서 가장 중요하고 행복한 날로 만들어야 한다. 알갔슴메? 오늘 행복하디 몬하믄 내일도 행복하디 몬한다! 이 말 반드시 명심하라우."

큰 반달곰의 목소리가 부드러운 톤으로 바뀌었다. 그는 정겨운 사투리로 진심이 담긴 위로의 말을 해주었고, 그가 이야기한 남들을 의식하지 말라는 뜻을 이해하며 잠시 사색에 잠겼다. 혹시 남들이 나에 대해 이야기한 것이나 경고에 너무 기대어 꼭두각시처럼 울고 웃지 않았는지를. 다시 말하면 열등감이나 자존감 부족으로 남들의 소소한 목소리에 장단을 맞추어 살아온 것은 아닌지 마음속 깊이 생각해 보았다.

문제는 남들의 평가에 의해 그 일이 나에게 커다란 영향이나 진실된 의미를 가져다준 것은 아니라는 것이었다. 단지 내가 하는 일에 대한 사람들의 반응이 줄어들면 곧바로 부질없는 두려움에 빠져들어 또 다른 한심한 상황을 찾아 헤매고 다닐 뿐이었다. 이제는 더 이상 다른 사람들의 입바른 소리나 시기심으로 가득 찬 권모술수에 놀아나지 않으리라 다짐했다.

한동안 내 눈치를 살피던 큰 반달곰은 다시 자신의 이야기를 자신감 있게 시작했다.

"내래 좀 전에 이야기허다 말았는데 니래 가난이란 거이 뭔디나 아네? 내래 북에 살 때는 말이디, 니래 이밥이라고 알간? 남한에서는 쌀밥이라고 하디. 내 어린 시절 그거이 한 번도 구경 못했어야. 기래서 어릴 적 평생소원이 이밥에 괴깃국 한번

실컷 먹어 보는 거였디. 어쩌다 하루 세 끼 강랭이 죽 먹는 것은 감지덕지고, 강랭이 속대나 소나무 껍질로 죽을 해먹을 때도 많았드랬디. 그것마저 없으믄 죽어야디. 안 기래? 그때는 아새끼들과 로인들이 일등으로 저승에 갔디. 그 무서운 이야기는 다음에 털어내 줄께. 지금은 가난 이야기를 해야 하니까 말이야.

한번은 내가 사는 동네에 아바디가 보위부 경비로 일하는 집이 있었디. 그 정도 관공서 다니는 아바디 밑에 있는 간나들이나 신발을 신었어. 검정 고무신 알디? 당연히 우리는 맨발로 다녔디. 일 년 삼백육십오 일 맨발로 다니다가 유독 겨울에는 발이 춥고 얼어 터져서 피도 나고 쩍쩍 갈라졌지비. 그리고 어쩌다가 그 보위부 간나 집에서 사과라도 깎아 처먹는 날이면 그 껍질이라도 먼저 먹으려고 서로 쌈박딜을 해댔디…

그땐 정말 비참했어야. 그리고 그때는 배부르게 먹은 거이 없으니 똥도 며칠에 한 번씩 쌌어. 똥 닦으러 가서도 신문지나 누런 과일 봉지로 밑을 닦는 것은 사치였어. 그것마저 과중하게 취급받았으니까. 보통은 지푸라기 꼰 줄로 아래위를 쓱쓱 문질러 댔디. 얼마나 쓰린 줄 알간? 우리 오마니는 아새끼들에게 해먹일 거이 없으니끼니 초저녁부터 우리를 재우셨디. 눈떠 있으면 배때지 고프다고 징징 울어 싸대니 어쩔 수 없이 만날 잠만 잤어야. 기래도 우리 오마니는 그런 우리를 거두멕여 살리느라고 새벽 일찍부터 부역 노동에 밭농사에 힘들게 일하셨고 야밤에는 돌산에 올라가 막일도 하셨드랬어. 기 때문에 오마니는 손가락이 일곱 개밖에 남지 않으셨고 귀가 멀어서 작은 소리는 듣디 못하게 되신 거이야. 내래 어린 시절을 돌이켜 보면 사실 기억하고 싶디도 말하고 싶디도 않아. 기런데 남한으로 내려온 뒤 내 어려운 기억들이 이곳 생활들과 겹쳐서 머릿속 깊이 떠나딜 않고 맴돌고 있는 거이야.

사실 남한에 내려와서 가난이라는 거에 대해 얘기도 해보고 티브이도 보아 왔디만 감흥이 잘 안 오더라고. 일례로 집이 가난해서 라면만 처먹고 살았다는 둥 비록 장작을 때고 살디만 장작이 많이 쌓여 가면 부자가 된 기분이라는 둥 수동식 물 펌프의 마중물이 어쩌니 저쩌니 하면서 물을 길어 올린다는 둥 그 옛날 지네들만의 가난을 나름대로 표현했디. 기런데 내 관점에서 보믄 말이다. 기따위는 배때지 부르는 소리라는 말이다. 왜냐하믄 기렇게 힘들게 살았다 해도 죽디는 않았잖아? 우리 때는 우선 먹을 꺼이 자체가 없어서 애덜이 먼저 굶어 뒈졌고 겨울에는 땔나무가 없어 냉방에서 오들오들 떨믄서 자다가 많이들 동사했디. 그리고 물도 시체 썩은 더러운 개천 물을 그냥 마시다가 염병 걸려서 약이나 주사 처방 한 번 못받고서리 많이들 갔어야.

인간이 생각하는 모든 일은 언제나 그보다 더 어렵고 힘들고 괴로운 일이 있다는 걸 알아야 함. 그리고 그것을 피하디 말고 겸허히 마주보고 대면해야 한다. 어려운 과거나 불안한 미래의 일들을 완벽하게 이해하고 처리하는 사람은 없어야. 있다면 전디전능한 하나님뿐이고. 나는 거저 니가 할 수 있고 니가 해야 하는 일을 열심히 지켜 실행하는 인간이란 말이다.

위를 올려다봐도 끝이 없고 아래를 내려다봐도 한이 없어야. 기러니끼니 현재에 충실하고 내일을 위해 열정적으로 살라우. 니래 계속해서 과거가 어쩌내 저쩌내 하면서 슬픔에 빠져 있을 거이네? 아니면 그따위 것들 떨쳐내 버리고 당당히 우뚝 서 있을 거이네? 니 알아서 하라우. 니래 계속해서 과거에 집착한다면 어느 누가 니를 도와준다고 해도 아무런 효과가 없다는 거이 알아야 할 기야. 정신 똑바로 차리고 마음 굳게 먹고 이 악물고 살아라! 알갔슴메?"

큰 반달곰의 진심 어린 충고는 마치 웅장하게 울려 퍼지는 감미로운 교향곡 같았다. 과거, 현재, 미래. 이 세 가지는 모두 시간을 의미하고, 시간은 누구에게나 평등하게 주어진 기회인 것이다. 나는 과연 주어진 시간을 잘 사용하고 있었던 것일까? 또는 잘 사용하고 있나? 앞으로도 잘 사용할 수 있을까? 시간이라는 것은 내가 사용한 대로 돌아오는 것이다. 시간을 낭비해서 쌓인 게으름은 가장 힘든 순간에 자신을 피폐하고 어렵게 만들 것이다. 그때는 어느 누구에게도 하소연할 수 없고 또다시 자괴감과 자기연민으로 점철된 인생을 살게 될 것이다….

. . .

날은 점점 어두워졌고 사슴길 사이로 촘촘히 박혀 있는 가로등에는 오랜지색 불빛이 주위를 밝히고 있었다. 또다시 밀려오는 극한의 졸음에 나는 몸을 가눌 수 없었다. 큰 반달곰과 작별 인사도 제대로 못한 채 그만 정신을 잃고 쓰러졌다. 머릿속이 또다시 붕 뜨며 이리저리 돌아다니는 것을 느꼈다. 눈을 감고 생각이 흘러가는 대로 차분히 마음을 놓아 주었다. 그리고 다시 눈을 떴다. 어느새 나는 허름한 벤치 밑 차가운 바닥에 배를 깔고 누워 있었다.

다시 진돗개로 돌아온 것이다.

14

주위는 이미 어두워졌고 하늘에서는 때 아닌 눈이 내렸다. 올 겨울 마지막 눈이 될 것 같았다. 눈 내린 서울대공원은 하얗고 얇은 담요를 덮은 듯 따뜻하고 포근해 보였다. 공원 주위의 건초 더미와 사료 포대들이 하얀 눈에 가리어 온 동네가 깨끗했다. 나도 모르게 콧노래를 흥얼거리며 차분한 거리를 활기차게 걸었다.

나뭇가지 위에 쌓여 있던 눈송이는 바람에 흩날려 구름 한 점 없는 파란 하늘의 달빛과 어우러졌다. 마치 블루 사파이어 가루를 뿌려 놓은 듯했다. 눈길을 따라 걸으니 산기슭에 소나무 잔가지가 두둑이 쌓여 있는 푹신한 장소를 발견했다. 아마도 노루나 고라니가 머물다 간 자리 같았다. 나는 그곳에 자리를 잡고 녹는 눈을 바라보며 잠시 앉아 있었다.

깜박 졸고 일어났는데 마치 푹 자다 일어난 것처럼 몸과 마음이 상쾌하고 개운했다. 이제는 더 이상 꿈속에서 과거를 보거나 환상이 펼쳐지지 않는 것 같았다. 문득 내가 자리 잡은 이곳이 왠지 낯설게 느껴졌다. 조금 전 등 뒤에 기대고 있던 얇은 나무는 오간 데 없고 덩치 큰 나무가 떡 버티고 서 있는 것이었다. 주위를 찬찬히 살펴보니 앙상한 가지를 삐죽이 내밀고 있는 진달래와 키 작은 가문비나무 그리고 옆으로 빽빽이 늘어선 참나무들이 나를 지켜 주듯 듬직하게 서 있었다. 정적이 감도는 가운데 등 뒤를 살펴보니 내가 기대고 있는 나무는 두툼하고 키 큰 왕 벚나무였다. 아내가 좋아하던 이 왕 벚나무도 조금 있으면 웅대하고 아름다운 꽃송이들을 찬란하게 피어 낼 터였다. 나는 나중에 이곳을 방문할 때를 기념해 벚나무 밑동에 '행복'이라는 표식을 해두었다. 그리고 다음에 이곳을 방문할 때는 반드시 행복한 사람이 되어 있겠다고 굳게 다짐했다.

다시 몸을 일으켜 우두커니 공원의 전경을 감상했다. 이제 곧 있으면 사라져 갈 새하얀 눈 세상을 놓치기 싫어 계속해서 바라보았다.

그런데 갑자기 붉은색 경광등을 번쩍이고 시끄러운 사이렌 소리를 울리며 숨 가쁘게 달려오는 자동차가 보였다. 서울대공원의 전기 자동차가 아니라 119 구급차가 공원의 적막을 깨고 달려오는 것이었다. 이 공원 누군가에게 무슨 일이 생긴 것 같았다. 나는 마땅히 갈 곳도 없고 무슨 일인지 궁금하기도 해서 구급차가 달리는 방향을 따라 같이 움직였다.

정신없이 내려간 곳에는 공원 안내를 위한 친환경 전기 버스들이 줄지어 서 있었다. 구급차는 광장의 작은 커피숍 주변에 긴급히 멈춰 섰다. 잠시 후 주황색 유니폼을 입은 구급대원들이 누군가에게 심폐소생술을 하며 응급처치를 하고 있었다. 구급대원들이 바닥에 쓰러진 사람에게 계속해서 말하는 소리가 들렸다.

"할아버지! 할아버지, 정신 차리세요!"

긴박한 시간이 흐른 뒤 구급대원들의 응급조치가 효과를 발휘했는지 바닥에 쓰러진 남자는 힘겹게 몸을 일으켰다. 이를 지켜본 한 구급대원은 남자를 얌전히 제지하며 말했다.

"할아버지, 위험해요. 그러지 마시고 잠시 누워 계세요. 지금 바로 일어나면 몸에 무리가 올 수 있으니 가만히 계셔야 해요. 그리고 저희가 병원까지 안전하게 모실 테니 걱정하지 마세요."

구급대원은 남자를 신속히 이동식 침대에 눕힌 후 구급차 안으로 태우려 했다. 하지만 남자는 불편한 몸짓과 목소리로 구급대원에게 소리쳤다.

"안 돼. 난 여기 그대로 있어야 해. 누군가를 기다리고 있는 중이란 말이네. 그러니 어서 나를 내려 주시게."

구급대원은 땅에 떨어진 지팡이를 주워 차에 실으며 말했다.

"할아버지, 지금 이 시간에 아무도 없는데 누굴 기다리신다는 거예요? 얼른 병원에 모셔다 드릴 테니 할아버지 가족이나 친척 분들 전화번호나 알려 주세요. 저희가 모시고 가는 도중에 대신 연락해 드릴게요. 네? 할아버지."

남자는 이동식 침대에 반쯤 걸터앉아 실망스러운 한숨을 지으며 맥 빠진 얼굴로 하늘만 쳐다보았다. 나는 거친 숨을 내쉬며 구급차 전방 삼십 미터까지 다가섰다. 그리고 그곳에 앉아 있는 남자가 누구인지 깨달았다. 아주 익숙한 냄새. 언제나 진한 에스프레소 향과 함께 나타나는…. 처음 목소리를 듣고 긴가민가했지만 내 밝은 코는 그 냄새가 알레한드로 아저씨라는 것을 명확히 알려 주고 있었다.

그러나 구급대원과 실랑이를 벌이고 있는 알레한드로 아저씨는 내가 며칠 전 보았던 아저씨가 아니었다. 희고 긴 머리카락은 뒤로 묶여 있고 등은 바나나처럼 휘었으며 턱수염도 어느새 풍성하게 자라 있었다. 그러나 유난히 튀어나온 광대뼈 위의 빛나는 검은 눈동자는 여전히 그가 알레한드로 아저씨라는 것을 알려 주고 있었다. 아저씨는 애절한 목소리로 구급대원에게 말했다.

"이보게, 젊은이. 나는 오늘 여기서 소중한 친구를 만나야 하네. 꼭 오늘 말이야. 그러니 내게 신경 그만 쓰시고 자네 일이나 보시게. 부탁일세."

조금 전까지만 해도 아저씨의 말을 건성으로 듣던 구급대원은 이내 걱정스러운 목소리로 아저씨를 달래듯 말했다.

"할아버지, 이렇게 추운 데 계시면 위험해요. 그리고 이런

인적도 없는 곳에 할아버지를 두고 갈 수는 없어요. 제가 구급 대원인 것을 떠나 할아버지를 그냥 보내 드릴 수 없어요. 그러니 정히 누구를 만나시려면 같이 기다려 드릴게요. 얼마나 기다리면 되나요?"

구급대원의 말이 끝나자마자 아저씨는 침대에서 고개를 돌렸고, 나와 눈이 마주쳤다. 나는 그에게 뛰어가서 반가움 반 걱정스러움 반으로 인사를 했다.

"컹! 월월월! 컹컹! (아저씨 그동안 잘 지내셨어요? 그런데 지금 왜 이러세요? 어디 아프세요?)"

나는 아저씨가 앉아 있는 응급 침대에 앞발을 올려놓으며 손을 잡고 여러 차례 질문했다. 아저씨는 나를 보며 미소 짓더니 다시 고개를 돌려 구급대원에게 살갑게 말했다.

"이보게, 내가 그렇게 보고 싶어 하던 친구가 왔네. 이제 내 친구가 왔으니 그만 가보시게나."

아저씨는 말을 끝내자마자 행복한 표정으로 내 앞발을 잡고 이리저리 흔들었다. 구급대원은 우리의 만남을 시샘이라도 하듯 퉁명스러운 표정이었지만 정중한 말투로 아저씨에게 이야기했다.

"할아버지, 이곳까지 와서 할아버지를 그냥 보내 드리는 것은 119 구급대의 도리가 아닌 것 같아요. 가시는 길이 어디인지 말씀하시면 그곳까지라도 모셔다 드릴게요. 최소한 그 정도는 할 수 있게 해주실 거죠?"

알레한드로 아저씨는 구급대원을 정겹게 바라보며 말했다.

"자네는 내가 생각했던 대로 훌륭하고 마음씨 좋은 사람이네. 그럼 자네가 불편하지 않다면 우리를 서울대공원 입구까지만 태워 주겠나? 그곳에 가면 예전 내 사무실과 직원들이 있으니 거기까지만 데려다주면 고맙겠네."

구급대원의 걱정스럽던 얼굴은 이내 미소로 바뀌었다.

"예! 할아버지. 어차피 그곳을 지나가야 하니까 가는 길에 내려 드릴게요. 자, 그럼 할아버지는 그냥 침대에 앉아 계시고 저 진돗개만 옆에 태우도록 할게요. 자, 그럼 개 올라갑니다!"

둔탁한 뒷문이 닫히자마자 나와 아저씨를 태운 구급차는 덜컹거리며 출발했다. 우리는 나란히 앉아 창문을 조용히 바라보았다. 차창 밖으로 백주년기념광장이 점점 멀어졌고 곧 구급차는 동물원 입구 앞에 멈춰 섰다. 개찰구 앞에는 공원 경비원이 졸린 눈을 비비며 정문에 기대 있었다. 구급차가 문 앞에 도착하자마자 경비원과 구급대원이 간단하게 인사말을 주고받았다.

"공원에 쓰러진 분은 괜찮으신 거죠?"

"네."

"빨리 신고해 주셔서 응급 상황은 모면했어요. 조금만 더 늦었더라면 어떻게 될지 모를 상황이었어요."

"그러게요. 우리도 코끼리가 아니었으면 발견하지 못했을 거예요. 코끼리가 밖에서 하도 시끄럽게 울어 대는 바람에 CCTV로 주변을 살피다 할아버지를 발견하고 119로 신고한 것이죠. 어쨌든 운이 참 좋으신 분이에요. 수고하셨어요."

경비원은 인사를 건네고 서울대공원 본관 건물을 향해 달려갔다. 그런데 잠시 후 구급대원의 휴대폰이 울렸다. 내 귀에 그들의 대화 소리가 명확히 들려왔다. 구급대원은 자기 아내와 통화하는 것 같았다.

"여보, 이렇게 늦은 시간까지 다른 사람을 위해 열심히 일하는 당신이 너무나 자랑스러워요. 그리고 고맙고요. 너무 무리하지 말고 쉬엄쉬엄하세요. 당신 이번 달에만 벌써 사흘째 야근이라고요."

"난 괜찮아. 그나저나 당신이 걱정이야. 별일 없지? 추운 날 몸 조심하고 잘 지내야 해. 요즘 같은 시기에 내가 당신 곁에 있어 줘야 하는데 그러지 못해 미안해."

"무슨 소리를 하는 거예요. 나는 괜찮아요. 이렇게 따뜻한 집에서 편하게 잘 있는데 무슨 걱정이에요. 다만 뱃속에 있는 당신 아들이 치즈버거와 감자프라이를 먹고 싶다고 해서 문제이긴 하지만요."

"허허, 정말이야? 우리 아들이 햄버거가 먹고 싶대? 그럼 사가야지. 한 시간만 지나면 퇴근하니까 우리 아들에게 조금만 기다리라고 해요. 알았지?"

"네, 여보. 밤길 운전 조심하고 천천히 오세요. 그럼 이따 봐요."

신혼부부인 듯한 구급대원의 대화를 듣고 있자니 마음이 싱그럽고 푸근해졌다. 햄버거 하나로 즐거워하는 그들의 대화를 들으니 내 얼굴에도 저절로 미소가 번졌다. 나는 마음속 깊이 그들 가족의 행복을 빌어 주었다. 구급대원은 다시 시동을 걸었다. 우리는 코끼리 열차가 지나다니는 도로를 따라 계속 달렸다. 문득 아내와 손잡고 코끼리 열차를 탔던 기억이 떠올랐다. 마음이 울적해지며 다시 혼자가 된 느낌이 들었다. 구급차는 어느덧 서울대공원 대광장 앞 분수대 주변에 정차했다. 덜컹거리는 소리가 나더니 뒷문이 빠르게 열렸다.

"자! 다 왔어요, 할아버지. 이곳이 맞나요?"

알레한드로 아저씨는 미소를 머금은 얼굴로 대답을 대신했다. 구급대원은 나를 바라보며 말했다.

"인마, 너 먼저 내려. 네가 내려야 할아버지께서 내려오실 수 있어. 에구, 이 녀석 말 잘 듣네."

그는 장갑 낀 두 손으로 내 얼굴을 부여잡더니 이리저리 부벼 대며 친근감을 표현했다. 나는 그의 행동이 싫지는 않았지만 어린 녀석이 나를 가지고 노는 것 같아 무표정하게 바라보았다. 그는 검정색 모자를 쓰고 주황색 티셔츠를 입고 있었다. 남색 바지에는 '119'라는 표시가 곳곳에 붙어 있었다. 그의 모습은 마치 레이서나 파일럿처럼 기품 있으면서도 믿음직스러웠다.

문득 그의 왼쪽 가슴에 붙은 까만 명찰이 눈에 들어왔다. 나는 내 눈을 의심했다. 아니, 도저히 믿을 수 없어 눈을 감았다 뜨기를 반복했다. 나는 그 구급대원을 다시 쳐다보았다. 신혼 시절 아내는 나와 아들을 번갈아 보며, 코는 오똑하지만 전체적으로 나를 닮았다며 투정 아닌 투정을 부리곤 했다. 아내는 질투 섞인 목소리로 세상 모든 도둑질은 다해도 씨 도둑질은 못한다고 입을 삐죽거렸다. 그 늠름한 구급대원은 내 아들이 분명했다. 이 듬직하고 건실한 청년이 내 아들이라니…. 나는 가슴이 벅차올랐다. 마음 같아서는 당장 아들을 가슴에 품고 지난날 과거를 사과하며 용서를 구하고 싶었다. 아들의 손을 붙잡고 당장이라도 가족에게 돌아가고 싶었다. 하지만 그 마음을 어떤 식으로도 표현할 방법이 없었다. 나는 고개를 돌려 알레한드로 아저씨를 보았다. 아저씨는 이미 알고 있다는 듯 옅은 미소를 보이며 조용히 말했다.

"일단 내리시게, 친구."

내가 먼저 아들의 손에 이끌려 나왔고, 이어서 아저씨가 아들의 부축을 받으며 천천히 내려왔다. 아들은 모자를 벗고 아저씨에게 공손히 허리를 굽혀 작별 인사를 했다. 그러고는 다시 모자를 쓰고 구급차에 올라탄 뒤 쏜살같이 서울대공원을 빠져나갔다. 우리는 구급차의 후미 등불이 보이지 않을 때까지 우두커니 서 있었다. 알레한드로 아저씨가 먼저 말문을 열었다.

"자네, 맨 처음 이곳에 왔던 때를 기억하는가? 그 당시 자네는 용기와 자신감을 잃어버리고 심지어 자기 자신마저 놓아 버리려고 했지. 그런데 조금 전 자네의 표정은 그때와 사뭇 달라져 있더군. 세상은 말일세, 자네가 낙망하고 힘들더라도 그것을 잘 참고 견디면 오늘처럼 감격스럽고 소중한 시간을 만들어 주기도 한다네. 자네도 언젠가 행복하고 기품 있는 할아버지가 될지 어떻게 알겠는가? 안 그래? 자네가 과거 아들에게 어떤 잘못을 했든, 아내에게 어떤 모진 말을 했든, 부모님께 어떤 송구한 짓을 했든, 그것들이 자네 인생에 주된 목적이나 결과가 될 수는 없어. 단순히 과거의 잘못을 뉘우치는 정도로 인생을 규정할 수는 없지 않은가. 알다시피 이제는 자네만의 미래를 찾아야 한다네. 어느 쪽으로 가야 하는지, 하고 싶은 일은 무엇인지 확인해 보고 마음을 다져야 하네. 그것이 안 되면 자네는 또다시 그 미래로부터 멀어질 게야.

자네는 지난날 스스로 비참해졌다고 늘 비관과 실망만 했었지? 자신을 자책하며 괴로운 밤을 지새운 적이 하루 이틀이 아니지 않은가. 그것은 자네가 예전에 살던 방식을 그대로 유지했기 때문이네. 늘 보잘것없는 성공에 만족하며 그 테두리 안에서만 맴돌았기 때문이지. 자네는 분수에 넘치는 씀씀이와 자만심으로 귀중한 시간을 낭비했어. 자신이 대단하다고 느낀 나머지 남들을 무시하고, 그 교만함이 넘쳐 남들과 자신을 해하려는 상황까지 이르러서야 겨우 멈추고 두려워하지 않았나? 보잘것없는 성공에 도취되어 게으르고 편하게 살 생각만 하고 앞으로 헤쳐 나가야 할 일에 대해서는 소홀히 대한 결과였다네. 자네의 편협한 생각으로는 모든 것이 안정되어 보였겠지만, 시간이 흐를수록 일은 점점 꼬여 가고 상황은 어려워졌을 거야. 그래서 또다시 다른 사람들의 말에 이리저리 휘둘리며 인생을 허비하게 되었지….

　그러나 이제는 마음을 새롭게 다잡아야 하네. 무슨 일을 시작하든 겸허한 자세와 인내심 그리고 할 수 있다는 자신감을 가져야 하네. 만약 또 예전처럼 갈피를 잡지 못하고 방황한다면 자네가 일전에 호랑이 방사장에 굴러떨어지기 전 철조망에 갇힌 것처럼 비참한 꼴이 될 것이네. 철조망 사이에서 오도 가도 못한 채 평생을 원망하거나 다른 사람에게 잡혀 가고 말았을 거야. 그러나 자네는 굴복하지 않고 그곳을 빠져나와 새로운 삶으로 용기 있게 들어가지 않았나.

자네는 게으르지 않았고 포기하지 않았으며 자신의 길을 향해 성실히 나아갔어. 꿈꾸는 것에 만족하지 않고 자존감을 되찾았으며 자신의 인생을 깊이 있게 관조했어. 발톱이 몇 개 빠져도! 몸에서 피가 나도! 자네는 그 힘들고 어려운 상황을 헤쳐 나오려 노력했기 때문에 새로운 존재로 거듭날 수 있었던 것이네.

　이곳을 나간 뒤에도 최선을 다해 자신의 길을 가고자 한다면 못할 일이 없다는 것을 알아 두게. 실패하는 사람들 거의 대부분은 제 길을 명확히 찾지 못하고 헛된 시간만 보내다가 끝

내 포기해 버렸기 때문이야. 인생의 비참한 결과를 보고 싶지 않다면 반드시 목표한 결과를 완수한 후 다음 일을 생각해 보기 바라네. 물론 하나님께서 자네에게 엄청난 고통과 시련을 줄 수도 있네. 고통에는 크나큰 의미와 메시지가 담겨 있기 때문이지. 자네를 용기 있게 그리고 강철처럼 더욱 단단하게 만들고자 하는 그분의 뜻이 있네. 일반 고철덩이가 강철로 거듭나려면 높은 온도에서 냉혹한 열처리 과정을 거쳐야 하지. 마찬가지로 자네가 겪는 고통은 어떤 상황에서도 부러지거나 휘어지지 않는 사람으로 만들려는 하나님의 가르침이라네.

운명이 무슨 뜻인 줄 아는가? 보통 사람들은 운명을 체념이나 삶의 굴레 정도로 이해하지만, 운명에는 '돌고 돈다'는 의미와 '모든 것을 지배하는 초인간적인 힘'이라는 뜻이 내재되어 있다네. 사실 나는 운명의 진짜 의미가 자신을 알아 가는 상태라고 생각해. 운명을 깨닫는 것은 세상에 대해 불평하거나 미워하는 것이 아니라 오히려 세상에 나아가 자신의 의지를 펼칠 수있는 도구라 생각해야 하네. 겨울이 지나면 봄이 시작되듯 괴로움이 지나가면 행복이 시작되지. 이것이 진정 하나님의 뜻이라네. 솔직한 마음과 성실한 행동이 하늘에 닿으면 자네에게도 영원히 변치 않는 하나님의 사랑이 가슴속 깊이 간직될 것이네."

알레한드로 아저씨는 시간이 얼마 남지 않았다는 듯 온 정성을 다해 이야기를 쏟아냈다. 그는 또렷한 눈빛으로 나를 응시하며 다시 말을 이어 나갔다.

"나 역시 자네처럼 인생의 방향을 잃고 떠돌다가 이곳 서울대공원에 들어왔지. 그리고 자네가 나를 만났듯 나에게도 위대한 경험을 선물해 주신 분이 계셨어. 그분은 아직도 내 마음속에 살아 계시고 나에게 이야기하고 계신다네. 나는 그분의 뜻을 따라 이렇게 오랜 시간을 살아온 것이네. 나는 이곳에 있으면서 자네 같은 사람을 수도 없이 만나고 헤어졌어. 그들 모두 처음에는 자네처럼 의지가 불타오르고 행복하기를 바랐지. 하지만 애석하게도 그들 전부가 행복해지지는 못했다네. 그들은 이곳에 있는 동안 자신들이 외면해 온 과거의 잔재들을 솔직히 드러내고 회개해야 했지만 그러지 못했어. 진실과 대면하는 것을 너무나 창피해하고 두려워해서 제정신이 아니거나 도망가는 경우가 많았지.

어떤 이들은 본인들이 예전에 했던 방식 그대로 자만심을 내보이기도 했어. 당면한 상황에 충실하지 않은 이들도 있었고. 하지만 자네는 진실하고 성실한 마음이 있기 때문에 지금껏 버틸 수 있었던 게야. 그리고 이건 참 신비로운 일인데, 자네가 이곳 서울대공원으로 초대될 수 있었던 것은 바로 자네 아내의 절실한 기도가 내게 들렸기 때문이라네. 자, 이제 우리의 여정도 얼마 남지 않았군. 다시 한 번 강조하지만 두려움을 용기로 바꿀 자신감을 마음속에 꼭 간직하고 새로운 세계로 나아가게. 나는 항상 자네를 지켜볼 게야. 언제든 두려움이 생기거나 힘들 때 주저하지 말고 나를 생각해 주겠나?"

"네!"

"땡! 땡! 땡! 땡! 앞으로 두려움이 생기면 어
떻게 하라고?"

"두려움을 용기로 바꿀 수 있는 자신감을
갖는다!"

"좋았어, 친구! 그럼 안녕…"
알레한드로 아저씨는 아무 말 없이 나를 꼭 안아 주었다. 그
러고는 하늘을 보며 윙크를 했다. 아저씨는 저만치 걸어가다가
점점 희미해지며 연기처럼 사라져 갔다. 그와 동시에 내 눈에는
구슬 같은 눈물방울이 소리 없이 흘러내렸다.

15

아저씨가 없는 서울대공원은 적막 그 자체였다. 이상하게도 서울대공원에 있던 모든 사람과 동물이 흔적도 없이 자취를 감추었다. 오로지 나와 서울대공원이라는 공간만 존재하는 것 같았다. 아저씨가 사라진 후 다른 것들도 사라졌다는 느낌이 들었다. 그러나 한편으로는 새로운 무언가가 생겨나는 것을 느낄수 있었다. 마치 밀려오는 거대한 파도처럼 형언할 수 없는 원대하고 광활함이 마음속에 밀려들어 왔다. 그것은 바로 새로운 시작의 물결이었다. 나는 그것이 고난이 되었건 행복이 되었건 더 이상 두렵지 않았다. 다만 내가 가야 할 길을 스스로 선택하고 그것을 지켜 나가면 되는 것이었다.

서울대공원에서 일어난 일들은 나에게 마치 한 편의 영화와 같았다. 내가 이곳을 떠난 후에도 또 다른 영화가 내 인생에 펼쳐질 것이다. 설령 내 영화에 관객이 한 사람밖에 없다고 해도 나는 자랑스럽게 여길 것이다. 왜? 나는 누가 뭐라고 해도 노력하고 도전하며 포기하지 않았으니까. 이제부터 시작이다. 늦지 않았다. 시작이라고 말할 수 있으니 절대로 늦지 않은 것이다. 이제 이곳을 떠나 새로운 나를 찾아야 한다. 나가자!

"…."

그런데 이 상태로 어떻게 나가지? 나는 나에 대해 다시 깊이 생각해 보았다. 그리고 온전한 거울 속의 나에게 집중하기 시작했다. 밀려드는 파도처럼 여러 생각이 휘몰아쳐 왔다. 알레한드로 아저씨가 처음 내게 했던 말이 떠올랐다.

"네가 가지고 있는 능력으로 빠져나가게 될 거야!"

너구리 알렉스의 말도 떠올랐다.

"상대방을 머릿속에 생각하고 상대방이 되기를 마음속 깊이 소원해 봐!"

나는 목에 걸린 목걸이의 문구를 다시 읽어 보았다.

"네 믿음대로 될지어다…. 그래, 이제 알겠다!"

나는 나 자신의 모습을 생각하면 되는 것이었다. 나는 반달곰이 아닌 내 인간 본연의 모습을 머릿속에 떠올리면 되는 것이었다. 심장이 빠르게 쿵쾅거렸고 드디어 나를 되찾을 수 있다는 생각에 가슴이 벅차올랐다. 나는 처음 눈을 떴던 서울대공원 주차장으로 발걸음을 옮겼다. 주위는 한 대의 차도 없이 그야말로 대평원이었다. 순간 이곳에서 만난 동물 친구들의 얼굴이 하나하나 빠르게 스쳐 지나갔다.

천리안,

사하라,

알렉스,

레이몽,

한니발,

드미트리,

로이스….

이제 불행했던 나의 과거는 연기처럼 사라지고 희망의 나날
이 다가올 것이다. 두렵고 고통스럽고 외롭고 힘들고 원망스럽
던 과거는 이제 흘러가고 없다. 나는 결코 다시는 진돗개로 서
울대공원에 오지 않을 것이다. 그리고 인생을 포기한 사람으로
도 오지 않을 것이다. 나는 반드시 나 자신을 극복한 본연의 나
로서 이 자리에 다시 설 것이다.

"하쿠나마타타!"

글을 쓰는 순간만큼은 감동과 전율을 느꼈다. 아직도 손가락 끝 신경을 타고 흘러들어 오는 볼펜 촉의 느낌이 생생하다.

그러나 이제 와 솔직히 고백하건대, 내가 이 소설을 쓴 이유는 나도 정확히 모른다. 세상에 대한 불만과 증오 때문일 수도 있고, 부질없던 내 인생을 좀더 알아보기 위해 쓴 것일 수도 있다. 아니면 글쓰기를 통해 새로운 세상에 진입하려는 몸부림일지도 모른다.

그러나 한 가지 확실한 것은, 내용을 평가하거나 장르에 대해 논쟁하는 것 혹은 그런 것들을 중요하다고 생각하며 글을 쓰지는 않았다는 것이다. 내가 겪은 절망의 순간과 두려움의 나날은 오로지 각 독자의 정황과 맥락 속에서 읽힐 것이기 때문이다. 내 글을 이해하고 받아들이는 것은 독자들의 폭넓은 사랑과 관심뿐이다.

혹시 이 이야기에서 불쾌하거나 언짢은 내용이 있다면 호기롭게 용서해 주시길 바란다. 그러나 만약 마음에 와닿는 내용이 한 문장이라도 있다면 다시 천천히 곱씹어 주시길 바란다. 일말의 선입견 없이 이 글을 봐주신다면 더할 나위 없이 기쁠 것이다.

지금 생각나는 사람이 두 명 있다. 언제나 나를 믿어 주고 따뜻하게 곁을 지켜 주는 아내 김은아와 무너져 내리는 내 인생을 일으켜 준 류철배 목사님이다. 두 사람의 기도와 격려가 지금의 나를 만든 것이라 확신한다. 짧은 지면을 빌려 그들에게 감사와 존경의 마음을 표한다.

이제 이 부족한 글을 세상에 내놓는다. 어쩌면 이 신비한 모험이 당신에게도 일어날지 모른다. 그러나 지레 겁먹거나 두려워하지 마시라. 막다른 길이라 생각한 곳에서 다시 새로운 길이 열릴 테니….

2017년 1월

고주합

서울대공원
Seoul Grandpark

2017. 1. 6. 초판 1쇄 인쇄
2017. 1. 13. 초판 1쇄 발행

지은이 고주한
펴낸이 정애주
국효숙 김기민 김의연 김준표 김진원 박세정
송승호 오민택 오형탁 윤진숙 이한별 임승철
임진아 정성혜 조주영 차길환 한미영 허은
펴낸곳 주식회사 홍성사
등록번호 제1-499호 1977. 8. 1.
주소 (04084) 서울시 마포구 양화진4길 3
전화 02) 333-5161
팩스 02) 333-5165
홈페이지 www.hsbooks.com
이메일 hsbooks@hsbooks.com
페이스북 facebook.com/hongsungsa
양화진책방 02) 333-5163

ⓒ 고주한, 2017

ISBN 978-89-365-1214-9 (03810)